水袖 畫魂 胭脂

劇本集

水袖・畫魂・胭脂

王安祈 著

作者簡介 AUTHOR

王安祈

台灣大學文學博士（1985），台灣大學戲劇系所特聘教授。1985至2009任教於清華大學中文系，曾任該系系主任。學術著作多本，最新專書為《崑劇論集》與《性別、政治與京劇表演文化》。學術研究獲國科會傑出獎，台大胡適學術講座。

1985年起與郭小莊、吳興國、朱陸豪、魏海敏、周正榮、馬玉琪、曹復永等著名京劇演員合作，新編京劇《紅樓夢》、《再生緣》、《孔雀膽》、《紅綾恨》、《通濟橋》、《袁崇煥》、《王子復仇記》等。

2002年起任國立國光劇團藝術總監，新編《王有道休妻》、《三個人兒兩盞燈》、《金鎖記》、《青塚前的對話》、《歐蘭朵》、《孟小冬》、《百年戲樓》、《水袖與胭脂》。修編《天地一秀才——閻羅夢》《繡襦記》《李慧娘》《瓊林宴》《天雷報》等。為國家交響樂團新編中文歌劇《畫魂》。修編崑劇《2012牡丹亭》由史依弘、張軍於上海演出。崑劇《煙鎖宮樓》由上海崑劇團演出。

劇本集已出三本：《國劇新編》《曲話戲作》與《絳唇珠袖兩寂寞——京劇・女書》。

新編劇本曾獲新聞局金鼎獎、教育部文藝獎、編劇學會魁星獎、文藝金像獎（連獲四屆），金曲獎最佳作詞獎。2005年獲第九屆國家文藝獎。

共同編劇簡介

周慧玲

美國紐約大學表演研究所博士，現任中央大學英美語文學系教授，曾任該系系主任。曾榮獲美國紐約大學傑出博士論文獎、中央大學傑出研究獎、中央大學人文中心研究學人等。台灣現代戲劇暨表演影音資料庫WWW.ETI-TW.COM主持人。「創作社」核心團員、資深編導。身兼編導的作品有《百衲食譜》、《少年金釵男孟母》、《不三不四到台灣》、《CLICK,寶貝兒》、《記憶相簿》、《天亮以前我要你》。導演作品《驚異派對——夜夜夜麻三部曲之二》、《影癡謀殺》。編劇作品有《玉茗堂私夢》以及國光劇團《百年戲樓》。學術代表著作為《表演中國：女明星、表演文化、視覺政治，1910-1945》（麥田，2004)。

趙雪君

台北社子人。台灣大學歷史系學士，台灣大學戲劇所碩士，清華大學中文所博士班在學。新編戲曲《三個人兒兩盞燈》、《金鎖記》、《狐仙故事》、《百年戲樓》、《將軍寇》等。2011年因國光劇團京劇創作榮獲「中華民國第21屆十大傑出女青年」。

戲中之情，何必非真？
天下豈少戲中之人？

《水袖與胭脂》，魏海敏主演。

《水袖與胭脂》，魏海敏與蔣孟純。

《水袖與胭脂》，唐文華與溫宇航（左）。

《水袖與胭脂》，溫宇航飾演伶人。

《百年戲樓》劇中盛鑑演男旦。

《百年戲樓》劇中，盛鑑後來改行恢復男兒身。

《百年戲樓》唐文華與盛鑑飾演師徒。

《孟小冬》，魏海敏飾演坤生孟小冬。

《孟小冬》一劇以死前靈魂回看一生為敘事脈絡。

序

現為編劇，中國文化大學戲劇研究所兼任副教授級專技人員
施如芳

重在案頭拜讀這四部我都看過演出的劇本，眼前老是浮現安祈老師的身影。

安祈老師打娘胎裡就聽戲，戲曲（尤其是京劇）直如家學淵源，從小到現在，不看戲過不上日子，她的美感經驗完全是從傳統老戲浸潤出來的，生命中值得一數再數的家珍，也都在戲曲方圓百里內。海峽兩岸只她一個，劇本一寫寫了快三十年，除了前衛劇場《歐蘭朵》、歌劇《畫魂》，作品清一色都是京劇。豈是沒人找她跨界顯能呢？是她，選擇不寫別的。她總是柔聲地謙稱：「別的我外行，我只會聽京劇、寫唱詞啊！」

安祈老師的選擇，使她生命得到另類的豐盛，但也注定她，是一個寂寞人。即將出版成書的這四齣戲，無論形式是京劇話劇歌劇，無論由誰選材定調搬演，映入我眼簾的，都是寂寞人的自畫像——我看見安祈老師驀然回首，從繁華裡撒開手，情真意切地在寫自身。

從上個世紀七〇年代，安祈老師就在京劇現代化陣營與極少數名角並肩作戰，為了解京劇的嚴，翻傳統的千仞宮牆，她寫過太多樣式的劇本，也看過太多熱鬧了。這會兒，她還像年輕時候一樣，喜歡玩未知裡的危險遊戲，不同的是，早年和守成的前輩對抗，她會偽裝刺蝟；現在是前輩了，她不僅更敏銳地體驗當代藝術的表現力，也開始返身聽自己的。所以，修編偶像陳亞先（《曹操與楊修》編劇）的劇本，從一介狂生的《閻羅夢》，她能進一步想見「靈魂的靈魂深處」，《李世民與魏徵》演政治歷史，她偏從「愛卿」一詞切入「君臣間的纏綿之意」。內在的聲音，聽得越來越清楚，待回頭要創作新戲，安祈老師的筆法一變為煙纏霧繞，「陰陽邊際線上的靈魂躍動」，讓她的唱詞越寫越像在尋幽訪密，她終於不再用練家子的那一手，先有完整故事，再仔細編排情節、設計表演了。

這一轉，真是曲徑通幽。以這四部近作為例，劇中的坤生孟小冬、乾旦小雲仙，畫家潘玉良，楊妃與太真、唐明皇與祖師爺，個個都拿命在追求極致，為了捕捉其中真意，

安祈老師從歷史人事寫到了畫中人、鏡中影、影中身，本來無一物的靈魂，都因她對「情」字的高密度琢磨，而有了生命的重量。然而戲要上台，需要編導演一棒接一棒，合力完成。我覺得，安祈老師始終明白，她載欣載奔的步子，未必人人跟得上。在以〈潛入內心，走出京劇？〉為題的自剖文章裡，她用王氏幽默，描述了《王有道休妻》幕後一個超「經典」的畫面：

> 我寫了很長的大段唱……我提醒李超老師唱腔要「宛如內在聲音的不自覺湧現，當自己都不敢相信的念頭乍然浮起時，音樂還要讓人心搖神顫」。我引用了一段形容，希望唱腔如同「春慵恰似春塘水，一片縠紋愁。溶溶泄泄，東風無力，欲皺還休。」編腔老師愣了半晌，眨了好幾下眼睛，問：「咱們……不唱京劇啦？」

所謂劇種特質，聲腔，被視為萬不可失守的最後一道防線。如上所述，我們可以了解，安祈老師恍惚難言的長篇心曲，讓編腔老師的西皮二黃受到怎樣的「威脅」。選擇了不太合劇種規格的非典型人物來寫，導致和創作夥伴之間，要花加倍心神相互磨合。這類經驗我也很多，不免想從局內人的角度，還原一下現場。大概是：編劇寫著寫著，劇中人的精氣神突然到位，開始用他（她）獨一無二的活氣口說起話來。編劇寤寐求之，熬的不就是這一刻嗎？啊，就算被當成瘋魔難搞，罷了！為了轉達劇中人做自己的「希望」，也只好硬著頭皮（但容光煥發）去「提醒」二度創作者了。

安祈老師左手寫論文，右手寫劇本，是戲曲界仰之彌高的前輩，只因我不知天高地厚，一心以編劇立身，竟有幸與老師說上體己話，許多不足為外人道的心情，都能透過伊媚兒和老師分享。儘管我們對美的信念如此相契，但在各自的戲場上，卻玩出各異其趣的路數，或許，這正可以見得創作之妙，存乎一心，真說不明白的。安祈老師從不怪我疏於問候跟隨，她可以從容寫她的戲，自在看我的戲，對晚輩的戲稍有會心處，便不吝高聲讚賞。最近一次通信，我提到我在寫某畫家夫人的故事，寫了一年多，總也琢磨不靈，好挫敗，也好困惑，直覺「問題」出在主角是個家庭主婦，我像是自問也像問老師：「既為人妻，又為人母，這樣的人物，如何還能為她寫出激情？」老師回以：「如芳既是人妻，也是人母，難道沒有激情嗎？」

此一應答，似乎證明了孤獨者最強大，寂寞人亦然。

孟小冬回看12歲即走紅於京劇舞台的自己。

自序

這本書包括四部劇本：《孟小冬》、《百年戲樓》、《水袖與胭脂》、《畫魂》，前三部是國光劇團的「伶人三部曲」，《畫魂》是國家交響樂團的歌劇。我編劇的時候倒沒有被形式所拘束，只想深入的抒情，甚至想潛入內心，以「內旋深掘」的筆法，鉤出劇中人的心底隱密，進而面對自己的潛意識。

以「水袖・畫魂・胭脂」為書名，看起來像只包括《水袖與胭脂》和《畫魂》兩部戲，其實水袖和胭脂原是戲曲的意象，涵蓋《孟小冬》、《百年戲樓》、《水袖與胭脂》伶人三戲，把畫魂插在中間，或可形成四者「交纏縈迴、對影鏡照」的效果。

四部戲裡包括了坤生孟小冬、乾旦小雲仙，畫家潘玉良、裸體女模特，楊妃與太真、唐明皇與祖師爺。真情、幻影，輝煌、陰沉，畫中人、鏡中影、影中身，或燦爛或卑微，從背叛到贖罪，聲音可以有光澤，色彩也可喻聲音，彼此之間交纏、辯證、滲透，共同構成現實與虛構糾結難分的藝術世界。創作，根本是陰陽邊際線上的靈魂躍動。書名把四部戲縈繞互映，一切都指向一個字：情。形式有什麼關係？合不合史實有什麼關係？誰能理解潘玉良？誰能還原孟小冬？「戲中之情，何必非真，天下豈少戲中之人耶？」人生會比藝術更真實嗎？

這四部戲分屬不同類別，形式因內容而定調。「伶人三部曲」基本不脫京劇，為了區分孟小冬的舞台扮演和現實人生，所以《孟小冬》把聲音區隔為京劇和「歌唱劇」不同的層次；《百年戲樓》以舞台劇（話劇）為框架，穿插京劇經典唱腔，互為隱喻；《水袖與胭脂》大體為京劇，卻又與崑劇《長生殿》文本互涉；《畫魂》則和京崑戲曲全然無干，是中文歌劇，主演者朱苔麗、田浩江等是大都會歌劇院的聲樂家，與伶人三部曲的魏海敏、唐文華、溫宇航等京崑名家分屬不同的藝術類別。這四部戲表演有區別，但同為文學創作。

這四部作品的風格不同於我之前的筆法。早期編劇時，大都寫一個完整的故事，仔細經營情節並設計表演。而從國光《王有道休妻》女性系列開始，我的筆潛入內心，喜歡寫恍惚難言、幽微隱約的心曲；《金鎖記》更是另一轉折，有幾段唱詞並不實際抒情，而只摹塑一股情境；《孟小冬》更因是靈魂回眸，所以全篇喃喃自語、若斷若續，近乎心緒流淌，不過若論筆法之飄忽，還不如《水袖與胭脂》。關於伶人三部曲的創作闡述，我曾在中研院文哲所主辦「全球華語文化國際研討會」寫過〈揣想伶人心事〉一文；也曾在〈邊緣與主流的抗衡〉（《漢學研究通訊》一二一期）文中闡述個人創作背後的社會文化脈絡。不過這是理性的學術論述，仍有不少朋友未必理解我的筆法何以轉為如此煙纏霧繞，還是比較喜歡我早期的劇本。而我自己呢，雖知作品至今仍不算成熟，但各自代表不同階段的戲劇觀甚至人生觀。早期多寫別人（劇中人）的人生，似在透過不同故事探索傳統與創新的關係；近期則更潛入內心，這就使得創作剖肺掏心。我一向內向孤僻緊張羞澀不安，直到年過半百，才能比較坦然的面對自己，也較勇於呈現自己。一切都因創作，這是個勾掘靈魂底層終而認識自我的過程。很感謝我在理性的學術工作之外，另有一條與靈魂交鋒的通道與場域。

感謝秀威出版社蔡登山先生出版此書。蔡先生性情中人，熱愛文史，舉凡作家身影、民國文人，談起來無不眉飛色舞如數家珍。看了這幾部戲，他說看到了文學，給了我出版機會。出版劇本絕無任何獲利可能，編輯還特別費力呢（感謝蔡曉雯小姐，辛苦囉），而我非常珍惜我們的戲從視聽表演回復到文字形式。劇本雖以登上舞台演出那一刻才算完成，而我也堅持文學讀本的獨立價值。相信國光劇團和國家交響樂團以及每一位在舞台上生動演繹這幾部戲的藝術家們，都樂見此書在演出之後再以靜態形式出版。我精選了八十多張精彩照片，這是國光和國家交響樂團所邀攝影師的傑作，也包含導演和舞台燈光服裝設計的藝術成果，而讀者通過圖文所想像的舞台，和劇場實況之間，又是一番真實與幻象的對照呢。

這本書獻給雙親。父親離開人間三十年了，沒來得及看到我編的戲。他也從不迷戲，但他愛看我和母親兩個戲迷談戲，坐在一旁，點起一根煙，笑瞇瞇的，看著、聽著。他最愛幫我買京劇唱片，隨時去店裡翻翻撿撿，看有沒有新貨，不懂戲的父親竟和唱片行老闆結為好友。和我一起聽唱片並看戲的是母親，而這本書裡的四部戲母親都沒有看到。母親在六年前離開我，這些戲都是在她離開之後寫的，不像我前三本劇本集，其中每一部戲都是她陪著我熬過首演的緊張。但這本劇本書裡仍有母親的影子，貫徹其中的是我在她的引領下培養的傳統底子，具體影響則是《孟小冬》。我讓小冬以將出竅的靈魂姿態回憶過往，回憶，是這部戲的敘事脈絡，而回憶不是還原，是選擇。母親過世前一刻，曾有瞬間囈語，泛起笑容的囈語，我湊過去，分明聽見：「餃子要什麼餡兒？大白菜還是高麗菜？」我知道母親就要走了，游離的靈魂回顧一生旅程，檢選出最溫馨的瞬間，駐足凝眸，然後停格，停在家人圍爐剁菜包餃子的溫馨片刻。回憶是選擇，孟小冬的筆法有我對母親的回憶。《百年戲樓》創作動機裡所寫的「偷聽匪戲」也是我們母女的回憶，而唱片是父親買回的。這本書獻給雙親，這是我第四本劇集，可能是最後一本了吧。再過兩年就到花甲之年了，編劇之路持續近三十年，不知還能撐多久，而我多希望戲曲還能受到下一代觀眾喜愛，不期待流行，只要能成為當代劇場上抒情的一種形式就可以了。「人間多少難言事，但求戲場一點真」，胭脂水袖萬載千年，是我寫的戲詞，更是卑微真心的期望。

王安祈二〇一三年暑假序於台大研究室

目次

創作群名單

劇名	編劇	導演	演出單位	主演	作曲編腔	舞台燈光	服裝
孟小冬 二〇一〇年三月首演	王安祈	李小平	國光 劇團	魏海敏 唐文華	鍾耀光	傅寯 任懷民	王怡美
百年戲樓 二〇一一年四月首演	周慧玲 趙雪君 王安祈	李小平	國光 劇團	魏海敏 唐文華 盛鑑 溫宇航	周以謙	傅寯 任懷民	蔡毓芬
水袖與胭脂 二〇一三年三月首演	王安祈 趙雪君	李小平	國光 劇團	魏海敏 唐文華 溫宇航	馬蘭 李哲藝	傅寯 任懷民	蔡毓芬
畫魂 二〇一〇年七月首演	王安祈	（法）茱麗葉・德尚 Juliette Deschamps	國家 交響 樂團	朱苔麗 田浩江 林惠珍 巫白玉璽	錢南章	Nelson Wilmotte 簡立人	洪麗芬

創作自剖

《孟小冬》從死前回憶開始說故事，一切都是回眸一瞥。

回眸與追尋

——《孟小冬》創作自剖

我以「靈魂的回眸」與「聲音的追尋」為《孟小冬》的編劇技法及主題，一切都是回眸一瞥。

想為京劇天后魏海敏編《孟小冬》已經很久了，但終是卻步。被京劇界尊為「冬皇」的孟小冬，頂尖的女老生（坤生），傳世不朽的是她的嗓音，而她廣更受社會矚目的，卻是與梅蘭芳的戀情，以及「上海灘皇帝」杜月笙夫人的身分。這位京劇史上的傳奇人物，一生行事數度抉擇，恰似關上了生命中一扇又一扇的門，回歸到心靈暗房，純以嗓音唱腔安頓自我、完成自我。如此「內旋式」的人生，如果用百分之百的戲劇形式

《孟小冬》劇中的梅蘭芳僅出聲而不現身，由飾演孟小冬的魏海敏兼唱，圖為魏海敏的梅派《貴妃醉酒》。

呈現，必淪為兩段愛情八卦。而且我在腦海中勾勒她的生命版圖時，除了梅蘭芳、杜月笙之外，另有一人更為重要，那是余叔岩，京劇余派老生開派宗師。余孟二人情深義重卻非關愛情，戲曲史上孟小冬的地位是「余派傳人」，孟小冬在藝術上的尊貴是因余叔岩，不是梅孟之戀，也不是杜夫人身分。而余孟關係和梅蘭芳、杜月笙之間仍是一段難解因緣。複雜糾結的人際關係，在我心裡是以「聲音」為關聯（如果用京劇專業名詞，聲音指的是「嗓音、唱工」）。只有在劇情簡之又簡、以音樂唱腔貫串全場時，才能呈現她的內在。而這樣的演出機緣，並不易覓得，我對於動筆編寫她的故事，也終是卻步。因此，當「台北市立國樂團」鍾耀光團長為樂團三十周年慶（二〇一〇年）邀約「國光劇團」合作時，我立即掌握戲劇與音樂合作併陳的大好時機，用鍾團長建議的「京劇歌唱劇」（「京劇」與「歌唱劇」的結合）形式呈現孟小冬。我想，當數十人大樂隊排列台上，眾聲環圍，表演空間只剩一小塊時，那才是孟小冬登場的時刻。

我以「靈魂的回眸」與「聲音的追尋」為編劇主軸，用「臨死前出竅的靈魂，回顧自己一生」的方式演孟小冬故事。戲一開頭，孟小冬已瀕臨死亡，恍惚彌留之際，靈魂似是游離出軀殼，回看一生。一切都是回眸一瞥，形式上由孟一人連說帶唱，一會兒回述往事、自抒情懷，一會兒又跳出戲外看著自己，有時更像是與觀眾對話閒聊。演後有觀眾說，我用的是「後設」手法，在京劇裡算是前衛，而我私心覺得更像是我所熟悉的傳統說唱曲藝，我下筆時腦海中縈迴的是抱著琵琶自彈自說自唱的「彈詞」（或稱評彈）。只是彈詞等曲藝重在語言藝術的發揮，而我從回憶的角度切入。回憶，是選擇的結果，因而說或不說，筆墨（口吻）濃淡輕重，全由孟小冬——我筆下的孟小冬——自行選擇，「戲內自述」與「回看自我」之間的轉折或切換，也有自己的判斷，我為孟小冬所做的判斷。

我沒有迴避孟小冬的兩段愛情，但因我把她的一生設成一段「追尋聲音」的旅程，而這是一段「費盡了心血用盡了情」的生命旅程，因而她的兩段愛情，便緊緊融合於京劇唱腔的精研追尋之中。

孟小冬幼年登台一炮而紅，十二歲在上海已經以坤生姿態走紅遊藝場，而十四歲的她竟放下一切，走出大世界，迎著風雪奔赴北京，追尋心中雅正精醇的聲音：以余叔岩為代表的京劇老生最高境界的唱腔。

而這段追尋聲音的旅程，曲折的竟先走向一段無奈的愛情，一到北京，就遇見了梅蘭芳。梅孟首次同台合演要拜余叔岩之賜，那場義演余叔岩因病未到，孟小冬意外得到與梅蘭芳同演《四郎探母》的機會，孟小冬是坤生，女演男，飾演四郎；梅蘭芳是乾旦，男演女，飾演公主。乾旦坤生，台上台下，性別顛倒，緊接著的《遊龍戲鳳》同樣也是旋乾轉坤的組合。我以嗓音的和諧，作為梅孟之戀的編寫基礎。余叔岩和梅蘭芳的唱是京劇界公認的雅正之音最高典範，雖然一為老生、一為旦行，但境界相同，都以「脫盡火氣」為最高追求。孟小冬遠赴北京原為追求余叔岩的唱腔，但還沒遇見余，就從梅蘭芳的旦角唱腔裡找到了「共鳴」。戲裡的小冬以為她的聲音追尋之路竟應在這裡，可惜這聲音「欲近難近、欲親難親」，終是風中縹緲、無緣以終。

婚後梅蘭芳忙於赴美等事，小冬過著金屋深藏的日子，梅先生體貼的為她買了余叔岩唱片，學余派唱腔成為孟小冬新婚的生活重心。四年的梅孟之戀，最常伴隨她的竟是余叔岩的「一輪明月照窗下」蒼涼之音。緣分結束時，孟小冬才二十四歲。

槍擊血案和弔喪被拒是結束這段戀情的關鍵。一位孟小冬的傾慕者，驚聞小冬竟與梅蘭芳在一起，憤怒的持槍闖入梅宅宴會質問，結果誤射梅家友人，鬧出人命。這麼一來，原本被視為佳話韻事的梅孟戀，突然之間因一聲槍響引出巨大雜音。接著梅家老太太去世，小冬白衣孝服親赴梅宅弔喪，卻被拒門外。我把這兩件事處理成梅孟分離的關鍵，但沒有寫實的編演對白和戲劇化情節，只寫成大段唱詞，仍從回憶出發，像是孟小冬死前的心緒流淌。槍擊血案由梅黨眾人合唱，弔喪被拒則由孟小冬獨唱，我細細寫了她獨自走往梅家大宅門的心情，弔喪或許將成為她正式踏入梅家的一個機會，因此穿孝服、簪白花時，一點興奮，多少期待，這是上半場終了前最後唱段。中場休息後再登場的孟小冬，回述這段逝去的戀情，我只讓她說了這句台詞：「找不著共鳴了，不想再唱了。」

「上海灘皇帝」杜月笙和孟小冬的愛情，我仍鎖定京劇，扣緊「聲音」的主題。杜月笙一生事蹟甚多，本劇不談幫派、不涉政治，只談他最喜愛的京劇。我虛構了一段他和孟小冬談論乾旦坤生藝術的對話，這次談話（對唱），讓孟小冬再次感受到「共鳴」——嗓音的共鳴以及陰陽的相合。本劇為何能在杜月笙複雜的一生裡閃避其他、只談京劇？因為本劇從頭就是臨死前孟小冬的「回眸」，孟小冬眼中的杜月笙，只有他們情愛的基礎——京劇，沒有幫派，沒有黨政。杜月笙愛戲，也愛惜京劇好角兒，孟小冬從他這裡得到物質和精神兩方面的安頓。抗日戰爭烽火連天，孟小冬先隨杜月笙來到香港，獲得安頓，但沒多久，竟又再度北上北平，立雪余門，放下一切，完成十二、三歲即立下的心願：學戲，鑽研余派唱腔。

心情獲得安頓的小冬，跟著余師每天吊嗓練唱，反復錘鍊，從頭找共鳴，從咬字發聲、韻味咀嚼裡，找到了自主性；從純粹的聲音裡，完成自我實踐。而練唱很難編成情節，我借用余叔岩所說「運腔如運筆，中鋒到底，一偏就左了」，設計了練書法同時寫信的戲劇動作，讓小冬一邊練字寫信，信裡說著自己練唱的心得，舞台另一邊是杜月笙在香港收信讀信，中間則穿插余叔岩站在高台上以超渺之姿談藝說戲。舞台雙層，時空三方併陳。

小冬只學戲，不登台。余叔岩也因病早不登台了。師徒二人在簡約環境裡琢磨「字頭、字腹、字尾」足足五年，而這也是余叔岩生命中的最後五年。一九四三年余叔岩去世，小冬成為余派傳人，卻沒有再演出，直到四年後，杜月笙六十壽誕盛

盛鑑飾演孟小冬的師傅余叔岩

會，她登台演了《搜孤救孤》，停鑼歇鼓後散盡戲衫，獨留一件那天穿的褶子收在箱底。

余叔岩在劇中戲份少，卻極關鍵。

余叔岩是余派老生開派宗師，他的唱片流傳至今仍是唱腔經典。但他的舞台生涯並不持續長久，多次間斷，也常在全國名伶彙聚的盛大場合裡缺席。身體不好是真的，但生病也是逃避達官顯貴邀約的策略與姿態。不上台，反倒讓他能百分之百的實踐「我唱我的戲」的理想。為觀眾唱，要講求戲劇性；「我唱我的戲」才是百分之百的個性彰顯。如同崑曲「清工」（上台演出叫「戲工」），專門研究聲音，一切從咬字發聲鑽研，回歸聲音本身，回歸內裡自身，不向外在尋求戲劇性。

孟小冬跟隨余叔岩整整五年，找到了純粹的聲音。

孟小冬的性格和處境，不適合面對觀眾，但她不甘心於梅蘭芳叫她婚後別唱（這是我在戲裡的安排），最後竟從余叔岩這裡找到不上台、純粹鑽研唱腔的心靈依歸。「缺席」在劇中有多層隱喻。在孟學余之後的大唱段裡，讓孟小冬感受到多年的尋尋覓覓原來竟要回歸自身，回到字頭字腹字尾一字一音丹田氣息，水流千遭歸大海，原來一切在自己，找到了個性和自主性，從此海闊天空，唱不唱給觀眾聽就全看自己了。

支持她完成聲音追尋之路的是杜月笙，孟最後為杜祝壽演出《搜孤救孤》，是報答杜把她引導到「自我完成」，也是請觀眾在余叔岩死後從她身上作一次余派藝術成果驗收。散戲觀眾不肯離去，定要看到孟小冬親自謝幕，雖然上台謝幕的是女裝的孟小冬，但觀眾已經把她當作「余叔岩」，觀眾費了好大勁兒來看孟小冬演出，卻說：「我是來看余叔岩的」。她以自己的聲音掙得了自己在歷史上的地位：余派傳人，而非某某人的戀愛對象。

不久兩岸分隔，孟隨杜月笙到香港才補辦結婚手續，只當了幾年杜夫人，杜月笙即病逝香港。孤獨的杜夫人只做兩件事：清唱、授徒。唱戲像是純然的內在活動，練余派咬字氣口竟像焚香頂禮一樣成為內在修為，生命的步調一路往內深旋，只留下余派「抒情自我」的聲音迴盪，人生只剩下琢磨余派的靜定與孤傲。

在香港獨居十六年後，孟來到台灣，住信義路，一九七七年病逝中心診所，葬在樹林山佳佛教公墓，墓碑上張大千題字「杜母孟太夫人」。至今仍有余迷年年祭拜，秋草獨尋人去後，余派餘音蒼涼卻有力道。

杜月笙六十大壽唱《搜孤救孤》之後的生命流程，我在戲中並未交代，一切只扣緊聲音，最後來到回眸一瞥的起點，也就是孟小冬生命的終點：「走進暗房的我，不再依附周遭光束，剩下的只有聲音，迴盪，流傳，我聽見了我的聲音。」接念「金井鎖梧桐，長歎空隨一陣風」，結束全劇，這是《四郎探母》四郎出場的引子，是我在戲裡所安排的孟小冬來到北平和梅蘭芳第一次合作的第一句聲音。

本劇暗藏兩層寄託，第一是魏海敏的學唱經歷。魏海敏從小走紅，「小海光」閃亮紅星，但唱遍了傳統和創新各大戲的女主角之後，卻對藝術前途感到茫然。直到一九八二年到香港看了梅葆玖的演出，才發覺「原來戲可以這麼唱」！兩岸交流後，她獨自一人迎著風雪奔赴北京，拜師梅門，放下一切，找共鳴、學發聲，多年鍛鍊，終於找到了自信，把自己的嗓音練得穩穩當當，而後才能享受創作的樂趣，從此悠游於梅門內外，繼續鑽研《貴妃醉酒》、《霸王別姬》、《穆桂英掛帥》等正宗梅派戲，也在《慾望城國》、《王熙鳳》、《金鎖記》等新戲裡生動的塑造人物。魏海敏這段追尋聲音的經歷和孟小冬一致，雖然孟小冬後來走上隱居的路子，不同於魏在舞台上持續創作光芒四射，但那是個人處境和時代社會的選擇與不得不然，追求聲音純粹性的心路歷程可以交疊在劇中。

第二層隱喻寄託，說來更複雜了，關涉我個人編劇創新的心路歷程，也部份折射出台灣京劇的發展路向。我年輕時編新戲，有感於傳統京劇老戲情節拖沓重複，而極力追求情節曲折、高潮迭起，講究緊湊張力和戲劇性。這樣的努力獲得鼓勵，也召喚了許多從不看京劇的新觀眾，但經過多年的積澱沉浸思考，最近自己編新戲的路子有些不同，更重視戲劇性和抒情性的調融，期待舞台呈現「抒情自我」的心靈迴旋之音。愈是不能言說的幽微深杳之情，我愈有興趣，更希望從「純粹的聲音」體現「劇詩」本質。余派戲的劇本和唱詞並沒有高度文學性，但余孟都能在普通（甚至文詞不太通順）的唱詞裡，唱出濃郁深沉的人生情味，體現個人「側身天地、獨立蒼茫」時向內深旋的心靈之音，藝術功力多令人敬佩。而在《孟小冬》這部戲裡，我努力營造劇本的文學性，希望魏海敏能藉孟小冬之口，通過鍛鍊過的嗓音，唱出「抒情自我」，體現「劇詩」本質。

這是一部透過聲音表現內在的戲，魏海敏是飾演孟小冬的不二人選，她本工是梅派青衣，同時又能唱余派老生。本劇魏海敏的聲音有三層，而音樂的層次與「回眸」的劇本切入點密切相關，因為一切都是孟小冬的死前回顧，而回憶自是選擇的結果，恍惚彌留之際，杜月笙踏踏實實的存在，梅蘭芳呢，卻是想拋撇、想遺忘、卻揮之不去、時刻浮上心頭的璀璨陰影。因此，劇中杜月笙由國光劇團一級老生唐文華真實扮演，梅蘭芳則只聞其聲、不見其人，梅蘭芳的聲音也由飾演孟小冬的魏海敏來唱出。劇中魏海敏的聲音有三層：

（一）孟小冬站上舞台時，由魏海敏唱京劇老生唱腔。（例如《搜孤救孤》）

（二）孟小冬腦海中浮起的梅蘭芳聲音，也由魏海敏來唱，像是孟小冬輕輕哼著、回憶著梅蘭芳的唱，沉浸在梅孟同台的甜蜜中。（例如《四郎探母》的公主）

（三）孟小冬台下本人的心聲，由魏海敏唱鍾耀光團長新編的歌曲。

關於第（三）要特別說明：台灣的觀眾對於大陸流行的「現代戲」很不習慣，認知中的京劇應該都演古代故事，一旦穿上現代服裝，若仍按照京劇規範程式唱念做舞，踩著京劇鑼鼓點子「亮相」，感覺一定極不習慣。時代背景若在清末民國初年，還能勉強看下去，但觀眾一定無法接受一九七〇年代住在台北市信義路附近、死在中心診所的孟小冬穿著旗袍翹著蘭花指唱京劇唱腔。因此我們無法以「現代戲」形式演孟小冬，全劇按照鍾耀光團長建議稱「京劇歌唱劇」，為「京劇」和「歌唱劇」之結合，以「歌唱劇」（用「對白」取代「宣敘調」的小型歌劇）演京劇伶人的一生，視劇情需要「戲中串戲」時再穿插京劇。因此，前述第（三）「孟小冬本人、台下真實生活中的孟小冬」的心聲，唱的是國樂團團長鍾耀光新編的歌曲。新編歌曲和京劇腔調完全無關，也和戲曲無關，也不存在和京劇腔調是否能融合的問題，因為音樂安排以上述三類為區分邏輯。當然這樣的音樂設計讓魏海敏非常辛苦，「三聲帶」快速切換，在回憶梅孟同台唱《四郎探母》時，還要一人分飾楊四郎和公主唱對口快板，自己「啃」自己。不過魏海敏理解音樂的邏輯，也就努力自我挑戰，何況她飾演的是一生追尋聲音、以演唱自我完成的女子。

「聲音」是全劇的追尋對象，但聲音也干擾圍繞著孟小冬一生。梅孟結合最初是在觀眾喝采掌聲與眾人祝福聲中開始的，但槍擊案的槍聲為這段佳話引爆雜音。離開梅蘭芳的孟小冬，一度藏身在木魚聲中，安頓心靈。才走進杜家，蘆溝橋一聲槍響又帶來無人得以逃脫的歷史喧囂，而「烽火連天，我心裡一陣陣慌，總覺得唱不好，戲還得學。戰爭越烈，我愈想完成心願，耳邊那雅正聲音一再浮起，我想拜師，學余」（劇中台詞），京劇唱腔總像在冥冥中牽引著她。五年的潛心習藝，終於在余叔岩的唱腔裡找到了自己。但體會到「我唱我的戲」的小冬，內心深處仍是不安，杜月笙六十大壽結束不肯謝幕，其實正反映了她的心事，她仍是怕聽雜音甚至怕聽人聲的。晚年居住在台北信義路的她，家中訪客不斷，琴音繚繞，港台伶票兩界都想在她面前唱一段，聽她點評，但根據去過她家的人說，她總端坐在一角固定的椅子上，周遭圍繞九條大狗，她不時對狗親昵，卻鮮少與人說話。她仍是怕「人」，找到了自己的聲音，處世卻仍是孤獨，正如同掛上髯口可以唱《搜孤救孤》的程嬰，卸了裝，她卻不願登台謝幕。本劇演出時數十人大樂隊坐在舞台後方，音樂暫歇時，指揮也回頭看戲，這場景恰恰像是聲音的「具象化」，孟小冬在眾聲圍繞中完成自己的聲音追尋。

我試著用「有聲亦有象」的手法寫出聲音的光澤。遇見梅蘭芳的小冬，在一段「青煙，紫霧，孔雀藍，海棠紅，千絲萬縷，晃動、搖漾」七彩繽紛的影像裡，一度誤以為已經找到了七彩融成的純淨，但，啪的一聲，好亮！原來那只是照相館的閃光，映照出她和梅蘭芳短暫而不真實的情感，也就是劇中相互扮妝遊龍戲鳳那一段。直到全劇第二次出現這樣的「聲音光澤」，那是跟隨余叔岩學唱，聽見了自己的聲音的時刻。那時孔雀藍、海棠紅不再交錯混淆，七彩退去，純白一片，安祥寧靜。那才是小冬要追尋的聲音境界。

梧桐，是貫穿全劇的意象，我讓梅蘭芳和杜月笙二人為孟小冬準備的屋子都是「梧桐深院」，無論是梅蘭芳所備金屋，或是後來杜月笙給她在北平安置的獨居學戲房子，我都從李後主「寂寞梧桐深院鎖清秋」的情調出發設想，一個是「梧桐院落深深靜，雕花芸窗月影沉」，一個是「梧桐院落一派幽靜，沉水檀香散入秋風」不過，我更在杜月笙所提供的梧桐深院裡加上鳳凰的聯想，「碧梧棲老鳳凰枝」（杜甫），梧桐是鳳凰的家，可惜，心比天高的孟小冬，死前游離的靈魂只聽見自己吟詠著：「金井鎖梧桐，長歎空隨一陣風」，這是《四郎探母》的引子，全劇最後的聲音，而一切竟像是回歸初到北京的那一刻，風雪中，站立著的是追尋聲音的女子。這段聲音追尋之路，終其一生。

❙《百年戲樓》以舞台劇形式演故事，戲中串演多齣經典京劇，戲與人生互為隱喻，以「『京』典舞台劇」為名。圖為主演唐文華。

背叛與贖罪

——《百年戲樓》創作自剖

《百年戲樓》是配合建國百年而選的題材。身為國光劇團藝術總監，選題材、想劇本是我的責任，而建國百年這個命題十分嚴肅，我曾有好幾個月陷在其中找不到出路，每天發愁，連看戲都不太專心。某日，買了中山堂光復廳的票，要去聽王心心的南管，但戲都開演了卻還精神恍惚。忽然，一名女子從光復廳二樓邊唱邊走下，看著眼前這穿越歷史時空而來的戲裝女子，在光復廳古蹟的環境裡，「百年戲樓」這四個字突然就從我腦海中迸了出來，建國百年何不搬演京劇百年？何不讓京劇演員現身說法穿越時空演自己的故事說自己的歷史？就在那一刻，「男旦、海派、文革」三幕情節大綱已浮上心頭，伶人往事閃過眼前，魏海敏、唐文華、盛鑑、溫宇航、朱勝麗這幾位國光演員的角色分配也當下到位，散戲即打電話給導演李小平，站在路邊就興奮得說到深夜。而那位從光復廳二樓邊唱邊走下的女子是誰？正是當晚的主角王心心，我正是來聽她演唱

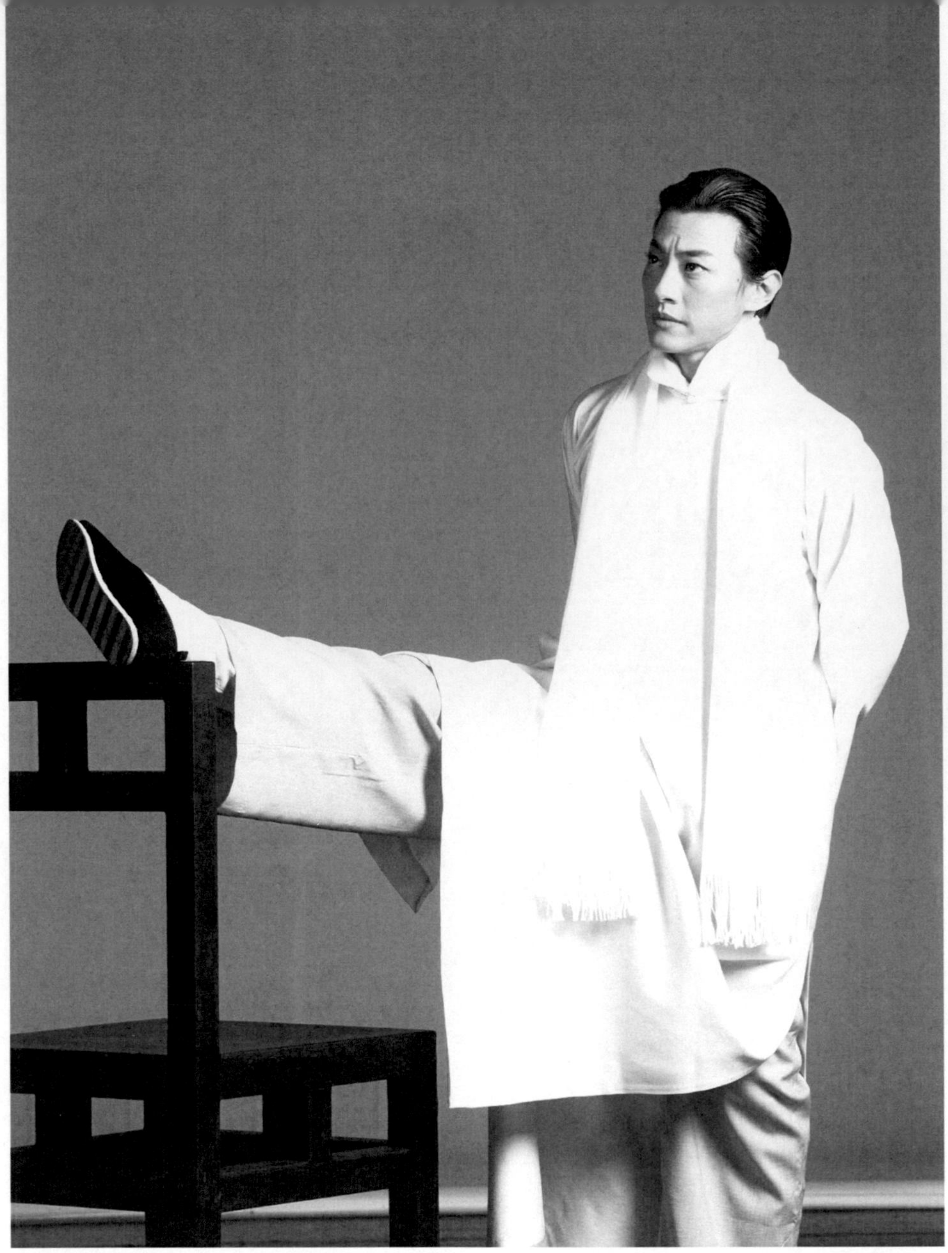

建國百年何不演京劇人百年身世？《百年戲樓》是京劇伶人故事。圖為盛鑑。

的，但非常對不起，那天晚上她唱了什麼我完全不知道，我只知道《百年戲樓》成形於那一刻。

但問題來了，這戲必須以「舞台劇」為說故事的框架，再在其中串演多齣京戲（理由和《孟小冬》不宜以「現代戲」形式呈現是一樣的），而我只會編戲曲、只會寫唱詞，從來沒編過不需要唱詞的舞台劇，這可是兩門功課。想著想著又開始困惑，連參加學術研討會宣讀自己的論文都精神恍惚。那天發表論文，講評人是中央大學英文系主任周慧玲教授，聽她講評我論文時提起的性別議題，猛然想到何不邀請她來一起合作編劇？慧玲能編能導，近期的《少年金釵男孟母》舞台劇更廣受好評，因此研討會一結束我就開口了。接下來就確定了慧玲和雪君（趙雪君是年輕優秀創作人才，她和我合作了《三個人兒兩盞燈》、《金鎖記》好幾部戲）和我的三人創作群。

我們選擇由京劇演員自演自身百年歷史，但並不想勵志，也不想歌頌京劇藝術的輝煌，反而選擇了輝煌下的陰影；也不準備以戲寫史、並不迎向壯闊，只想在歷史長河的流盪中，傾訴伶人幾許嗚咽幽微的心底聲音。百年身世，一言難盡，重點惟在選擇，「背叛與贖罪」是我們選擇的主軸，前半是藝術的背叛（對京劇而言，創新形同背叛師門），後半是政治壓力下的扭曲，人性是我們努力的方向，也是在百年中選材的主心骨。

這部戲的舞台劇框架主要由慧玲和雪君執筆，雪君主要寫前兩幕，慧玲主寫第三幕文革重頭戲，我主要負責的是第一幕前半以及京劇直接相關部分，包括唱詞。然而整部戲我一句新唱詞都沒寫，好像很輕鬆，我卻覺得工作難度更甚於自寫新詞。這戲全部用傳統老戲的唱段來編織，編織成一部全新的戲。如何選擇、如何安插，非常費工夫。這些傳統老戲唱段的穿插，看起來像是伶人日常生活中的哼哼唱唱，但不全然是單純的「戲中戲」，它們和劇中人的人生處境形成「隱喻」關係，或呼應、或映照、或對比、或相反，若即若離、不黏不脫，交錯纏繞、糾結互文，構成「戲中戲中戲」結構。「當時真是戲，今日戲如真」，真實與虛構的交疊，必須靠老詞與新境的巧妙編織。我選擇《搜孤救孤》（趙氏孤兒故事）為前兩幕的主要穿插，一來配合主演唐文華與盛鑑這兩位老生演員的擅長，二來強調為了理想而強忍一切。戲中戲裡唐文華與盛鑑這對師徒所飾演的程嬰與公孫杵臼，一捨性命、一捨親生，共同奔向正義；現實人生中的這對師徒，卻為了理想走向不同的藝術道路，師父內心即使認同徒弟的創新作為，但在講究師承的京劇班，創新形同背叛，戲中戲的程嬰鞭打公孫，恰似一場必要的儀式。《趙氏孤兒》之外，另一傳統戲是《白蛇傳》，貫串著全劇，就演員的專長來說，它是魏海敏、溫宇航的拿手戲，而其中許仙與白蛇的關係又恰與現實人生相反（詳下文）。

演出後接到很多回應，老戲迷們聽到新編戲中竟有《搜孤救孤》、《白蛇傳》傳統唱段，非常意外也非常高興，讚許這是保存傳統的好方法；年輕朋友對傳統唱腔不熟悉，但「戲中戲中戲」的結構與「隱喻互文」的文學技巧，引發他們反覆探究的興趣。但也有觀眾質問：「中華民國建國百年，為什麼結束在文革？我們自己呢？台灣呢？」

我的回答是：所有的歷史都是當代史，是當下的詮釋，建構了歷史。國光劇團選擇用這種方式編演百年京劇，台灣的觀點就體現在其中。不勵志，不歌頌，不用類型人物建構京劇史，就是我們對京劇百年的觀點。誰的百年？當然是我們的。何況其中還潛藏了一段台灣戲迷以「偷聽、偷窺」方式接觸京劇正統的經歷與感受。

筆者幼時迷戲，特別迷戀台灣「女王唱片行」出的《白蛇傳》、《玉簪記》、《桃花扇》、《柳蔭記（梁祝）》等張京劇黑膠唱片，反覆聆聽，愛不釋手，旦角行腔轉調宛若百尺遊絲、搖漾風前，嗓子眼兒裡悠悠忽忽的嗓音，直讓我迷戀到骨子裡。但當時並不知道她的名字，黑膠唱片圓心上以及內附唱詞頁上都只寫著「杜、葉」二字。葉當然是早已走紅的葉派小生葉盛蘭，但杜呢？必是兩岸隔絕後大陸新紅起來的旦角伶人。其實「女王唱片行」所出的這幾部戲都是一九四九年兩岸分裂以後對岸的新編戲，當時必是在「白蛇、梁祝」等傳統故事的障眼保護之下，通過審查才得以瞞天過海在台灣出版發行，但唱片行終究不敢直書主演者名字。兩岸隔絕的年代，「偷聽匪戲」是危險的享受，也有猜謎的樂趣，幼年的我，冒著通匪罪嫌，一邊聽一邊猜測戲裡的才子佳人，眉眼之間一定脈脈含情，而台上台下總有一點靈犀暗通吧？我藉著聲音的聆賞飛馳想像，直到讀到碩士班，才從香港輾轉知道她叫杜近芳；直到八〇年代中，才從偷渡來的錄影帶裡看到她的容顏。我沉浸在自己編織的「杜、葉」夢幻裡，直到二〇〇六年章詒和《伶人往事》問世，才徹底夢碎。書中〈留連，批風抹月四十年〉一文，寫葉盛蘭文革遭遇，出賣他的竟是杜近芳！四十年來，我以為從她「百尺遊絲、搖漾風前」的嗓音裡聽到了她心底的愛恨癡怨，誰知竟只是自己的一廂癡念，什麼才是真相？難道，台上演的真只是一台戲？

《百年戲樓》第三幕，由此成戲。

不過《百年戲樓》絕非專指杜、葉，我想章詒和寫的也不僅是杜、葉兩人，而是經歷過時代鉅變的伶人普遍遭遇的心靈撞擊。浩劫來臨時，驚恐無奈的隨波浮沉，風濤過後，伶人手裡唯一能緊握的槳，就只有一身的戲吧。漂流與自主，是共同的命運，能通過唱戲抒發自我心情的，都算是幸運，更多的人永遠登不了台，無論吶喊或悲鳴，盡淹沒於洪流。根據章詒和所寫，文革結束後，杜近芳再演白蛇，卻沒了許仙，葉盛蘭已因批鬥而死。孤伶伶的白蛇，漫天風雨裡遍遊西湖，竟尋不著借傘之人。她想到了葉的兒子，鼓勵他改學小生，接替父親角色，重新登台扮起許仙，和自己雨中相遇，借傘定情。戲結束謝幕時，杜近芳把葉少蘭直往前推，讓他一人接受觀眾的掌聲，自己則退後一步，含淚觀看這一幕。

這是章詒和所寫杜近芳的背叛與贖罪。奇異的是，戲裡是許仙因多疑而背叛了白蛇，台下真實人生卻恰恰相反。當戲裡的白蛇，含淚指著許仙唱出「誰的是、誰的非、你問問心間」時，孰假孰真？是耶非耶？真箇恍惚難言。以前聽《白蛇傳》，我特迷這一句，這句是沒有伴奏的「乾唱」，絲竹俱

魏海敏和溫宇航飾演一對舞台合作親近伴侶，文革期間魏海敏背叛溫宇航，害他落水身亡。

歇、人聲悠悠，萬種情思盡蘊於其間，杜近芳嗓子裡偶爾透出的清冷，像嗚咽的冰泉，也像空谷裡一聲嘆息，散發出挹之無盡的幽韻。而今重聽，不禁想問，幾十年來我迷戀到骨子裡的聲音，究竟是白蛇對許仙的質問？還是杜近芳自己的心靈究詰？

當時真是戲，今日戲如真。而戲裡戲外關係倒錯。

背叛與贖罪，不是我們沒經歷過文革的人能置一詞的，《百年戲樓》把一切盡歸於戲。政治、社會都會改變，任憑一頁翻過一頁，悠悠忽忽的聲音永遠傳了下來，百尺遊絲，搖漾風前，也拂過歷史扉頁。戲裡葉家第二代對於飾演青蛇的女角所提「你就這麼原諒了她」的疑問，回答得悠悠忽忽的：「是她原諒了我，不是我原諒她，我是許仙啊，是白蛇原諒了許仙。」怨恨癡念，只有在戲裡才能酣快淋漓，而戲到最後，總歸團圓。唱戲，不就是為了追求圓滿嗎？不就是為了追求現實人生永遠求不到的圓滿嗎？《百年戲樓》演到最後，就只能唱一齣斷橋相會，「猛回頭避雨處風景依然」。

魏海敏

對於文革，我們不企圖「還原、肖真、寫實」，也沒有能力做到，我們只能將一切歸還人性，通過適當的美感距離做出闡釋，並以我個人（以及台灣戲迷）的一段「大陸京劇接受史」為基底，誠懇的對文革中京劇演員的遭遇做出解釋，這當然是台灣的觀點。而劇中和解的理由，更是中國傳統戲曲的核心價值。戲曲多以「大團圓」為收尾，內在隱藏的人生觀與戲劇觀，即是：明知現實人生不圓滿，卻偏要在戲裡求個大團圓。現實人生已然悲苦，誰都知道善惡未必有報，但卻偏要在戲裡爭得個是非分明，不如此，何以激生出活下去的力量？看完大團圓的戲，走出戲院，深呼一口氣，才有活下去的動力。京劇演員的人生觀往往以戲為依歸，尤其是清末民初早期伶人，從小被送入科班，生長在封閉的圈子裡，沒有完整的教育，也沒有完整的家庭社會生活，只有苦練和競爭，戲是他們的全部，所有的人生觀價值觀都來自戲。現實人生得不到的願景，只有戲可以給，《百年戲樓》想寫的就是伶人和觀眾這一點卑微的願望，戲裡團圓的結局，其實是反襯人生無奈。

「水袖翩翻、胭脂舞殘紅，心事且向戲中尋」。魏海敏飾演的太真仙子，從一齣又一齣楊妃的戲裡安頓心情。

心事戲中尋
——《水袖與胭脂》創作自剖

「伶人三部曲」最終篇《水袖與胭脂》，不再以個別演員為主體（如《孟小冬》），也不拉開時間軸線（如《百年戲樓》），而是直探「戲」的本質，探討創作是怎麼回事？特別的是，切入點不在編劇作者身上，而是「後設性」地反向從「角色」探究創作本質。「角色」在這裡指的不是生旦淨丑，而是指編劇的筆下人物，或許該叫「劇中人」吧，但「角色」二字更能由「被扮演的虛構人物」突顯表演的本質。「角色」雖是舞台的虛擬創造，卻都飽蘊著情感生命，我認為，任何一部能夠稱為經典的作品，都像是角色在冥冥中的自我完成，角色自己刻畫著自己的情感線，角色自己走出自己的生命軌跡。是角色的主動情感追尋，牽引著作品的走向；正因為有這樣栩栩如生的角色，這部劇作才能成為經典。《水袖與胭脂》揣想的不只是伶人心事，更是角色心事。伶人與角色，有明顯分野，也有交互重疊，當伶人被稱為「活關公、活曹操、活紅娘」時，他（她）和劇中人的舞台形象、甚至劇中人的歷史形象，早已合而為一了。《水袖與胭脂》就是把「栩栩如生」具象化。

我把這些角色們放在虛擬的「梨園仙山、戲劇王國」。這構想來自古典小說名著《鏡花緣》。我假設《鏡花緣》裡除了「君子國」、「女兒國」等之外，還有個「梨園國」，那裡的人都喜歡戲，全國公民不是戲迷票友，就是演員名角，每個人說話都像唱戲，走路都踩著鑼鼓點子，一個個甩著水袖，連打仗都舞著戲裏的「小快槍」程式套路。在這樣的國度裏，竇娥的羊肚湯，金玉奴的豆汁，武大郎的燒餅，白娘子的端午雄黃酒，肯定是「國民便當」。只有這些食物才嚼得出「戲」的滋味。

而梨園國的主人，自非太真仙子莫屬，因為楊太真擁有的霓裳羽衣曲本是天上仙樂。相傳這支舞曲是月宮嫦娥所製，為楊妃夢中所見，醒來後竟然記得絲毫不差，忙喚宮娥們記下曲譜舞步，獻演於君王面前。精通音律的唐明皇自是滿心愉悅，這是大唐盛世的愛情戀曲，仙樂飄飄，人間哪得幾回聞？我借用了白居易《長恨歌》裡「忽聞海上有仙山，山在虛無縹緲間」的空間，結合《鏡花緣》的想像，太真仙子當然是「梨園仙山」的主人，太真仙子既可說是楊貴妃死後之靈，也可視為戲曲舞台上虛擬塑造的楊妃角色。死後的楊妃，成為戲曲舞台上活躍的角色，多少劇作演繹她的故事，但她總覺得沒有一部作品能刻畫她的心事。每個人都在找尋屬於自己的一齣戲，已經「身在戲中」的角色，仍不斷追尋更能演透自己心情的新創作，「心事且向戲中尋」的太真仙子，看著「行雲班」演她的故事，但戲中一曲「七夕盟言」激怒了她，戲裡的唐明皇口口聲聲「情比金石堅」，事實上馬嵬坡前他卻捨棄了她。仙子傷心的將行雲班逐出宮，而頭牌小生無名公子卻被留在宮中，就在仙子身邊，隨時隨地一點一滴地演著唱著唐明皇和楊妃的故事，這是仙子又期待聽又怕聽的。而這些戲的片段，無名卻是不按次序忽前忽後的演唱著，仙子正沉浸於「花繁穠艷」嬌寵的同時，已成血污遊魂的楊妃心聲與鬼步（「痛察察一條白練香喉鎖」），卻已繞著她團轉。仙子一陣陣迷惘，轉而走出深宮玉殿，想在梨園仙山其他的角色、別人的戲裡，安頓心情。

她看見了西施對戲裡自己結局的不安，也看到生前情敵梅妃安於她自己的戲，在梨園仙山一角悲泣低吟，而這悲泣低吟的「戲劇動作」恰恰紓解了梅妃自己一生的遺憾，梅妃「享受著」舞台上的悲情形象。太真仙子看到了別人對各自戲劇形象的不同反應，隨即因意外披上半截遭火焚搶救下的喜神戲衫而「角色附身」，脫口唱出了唐明皇（戲班祖師爺、喜神）的心情。她這才知道，自己死在馬嵬之後，唐明皇還曾重新回到這塊傷心地，也曾回到舊日長安宮殿，只是物是人已非，晚年唐明皇每日獨對空廷，淒涼孤獨：「原來你策馬重經傷心地，原來你暮年終得迴龍廷」只是，「任憑你秋風秋雨梧桐淚，怎比我馬嵬泣血幽恨深？」仙子想知道行雲班這齣戲在「七夕盟言」之後是怎麼演的，但此班卻已被她自己逐出宮去，只有頭牌主角無名仍在宮中。因此她回宮後主動參與無名的排練，不料無名卻正在排演她年輕時的另一段悲劇：與十八王子的短暫婚姻，被唐明皇硬生生拆散的婚姻。

誰是十八王子？他是唐明皇第十八個兒子壽王，也可以說是楊貴妃的「前夫」。楊妃原是十八王子的妻子，婚後數年，公爹唐明皇看見兒媳，驚為天人，先把她送入道觀，「漂白」兒媳身分，然後才宣召入宮，納為自己的妃子。坦白說，這是個父奪子妻的故事，歷史上是有記錄的。但是相關的文學名著，包括詩歌、戲曲等，幾乎都只寫唐明皇和楊妃的愛情，十八王子像是被消音的人物。這樣做當然是有道理的，污穢的事留著史書記載就夠了，強調忠孝節義的戲曲藝術，往往只揀取一段真情，溫柔以待。

直到當代的戲曲，才在忠孝節義倫理道德之外，嘗試更細膩的人性挖掘，《水袖與胭脂》便想對十八王子有所著墨，目的在使仙子的情緒得到更深刻的抒發。遭奪妻之恨的十八王子，除了無奈沉默之外，他會不會有別的心思？說明白點，他想不想報復？再說明白點，馬嵬坡前大軍譁變，有他一份沒有？我藉「排戲」對他做了一番心理探測。而這段排練過程並非平鋪直敘單純的「戲中戲」串演，我讓太真仙子和伶人無名交錯扮演楊妃和十八王子，藉由扮演，尤其是交互扮演，太真仙子嘗試進入對方以及自己——當時的自己——的內心深處，自我詰問剖析與交互攻防探測，層次複雜多元。

每個人都在尋找自己的戲，也都希望主導自己的戲，而戲未必還原真相，戲劇反映的是每個人所期待的人生，所以一陣交互逼問之後，仙子憤而刪去十八王子這段戲，她繼續命小太監尋找行雲班，看行雲班如何詮釋自己的故事。

伶人最具強悍的韌性，已被解散的行雲班，仍冒牌組班二度進宮，仙子終於聽到了戲裡的唐明皇唱出：「我當時若肯將身去抵擋，未必他（陳元禮）直犯君王，縱然犯了又何妨？泉台上倒博得永成雙。」

仙子終於聽到了唐明皇的泣血悔愧，不再只是哀嘆他自身的孤獨淒涼，唐明皇終於能夠面對自我、剖析內在。悲劇最深刻的興味，未必在衝突矛盾的當下，而在痛定思痛時的反省悔愧。雖然唐明皇仍是要透過水袖胭脂妝扮的角色才唱得出自己的反省，但戲劇終究治癒了傷痕，仙子得到了答案。

　　而戲劇療傷之後又揭發了新的問題，人生豈是如此單純？一部創作的完成，正是一段心境的昇華；而一部創作的完成，也將是另一段心情的啟動，另一部創作的起點。戲，無盡翻飛，因為人情永遠無解。通過層層揭露、步步推進，戲劇何止反映人生？其實更是創造人生。一直處於旁觀位置的祝月公主（她一直想軋進一角、卻始終軋不進來），點醒公主：「你幾生幾世尋尋覓覓，難道只為討他個悔恨？要他個餘生蒼涼？這就是妳對他的真情嗎？」

溫宇航在《水袖與胭脂》裡飾演伶人無名公子，前後扮演了唐明皇、十八王子，甚至楊妃等多樣角色。

　　我試圖用的架構是「隨立隨破」，建立，卻又推翻、拋捨。例如，「程嬰妻子、西施范蠡、十八王子」等段落，看似將此劇導引至女性視角，但前兩段意在建立「角色」的世界觀，並呈現鏡花梨園、戲劇王國的趣味；「十八王子」則是以「排練」為狀態，演出卻又刪去。我這麼做，想表達的是《水袖與胭脂》關注的不只是女性，更是「扮演、創作」。又如，戲一開幕即由喜神率伶人們進入的「戲曲烏托邦、桃花源」梨園仙山，到了最後卻被太真仙子自行拋捨放棄。我想強調人情練達才是戲，仙子必須投身滾滾紅塵，演盡天下離合悲歡，體驗人生酸甜苦辣，才更能體會「人間多少難言事，但留戲場一點真」。抽離架空的梨園仙山，並非最終的追求，而安祿山從人間到天上的「篡位」，無論爭奪的是權勢江山還是技藝排名，終是無謂。

　　全劇以「心事且向戲中尋」貫串楊妃的情感追尋，因此必然穿插幾段楊妃相關的戲曲，但我沒有指出任何一部作品的劇名和編劇姓名（元雜劇《梧桐雨》、清傳奇《長生殿》、當代越劇《楊貴妃》、當代歌劇《長恨歌》等），有一段白居易《長恨歌》的詩句所譜成的曲子，也沒指明它叫做《長恨歌》，更沒有任何時代先後的考證，因為這些並非戲中串戲，

唐明皇熱愛歌舞，死後被戲班奉為祖師爺。《水袖與胭脂》從祖師爺率領伶人上窮碧落下黃泉開始，唐文華飾演唐明皇。

而是「心事且向戲中尋」的歷程。整部戲藉著曲折的情節寫心境的完成。

楊妃的遺憾在於她不知馬嵬那一夜，捨下她的唐明皇有沒有悔愧？而唐明皇死後，當然也是靈魂不安。

唐明皇死後被供奉為戲班的戲神祖師爺，因為他熱愛歌舞，生前曾在宮中設梨園，因此梨園界奉他為祖師爺。開創開元天寶大唐盛世的一代君王，死後竟以戲台上一方紅毯為天下，指揮著生旦淨丑，三五步旋乾轉坤，一彈指江山萬代，權力好像還是很大。

其實他一點實權都沒有。演員上了台，一切靠自己，戲的好壞，端看平日功夫下得夠不夠深，臨場忘詞錯位，祖師爺一點忙都幫不上。但祖師爺的存在像是「虛擬的精神領袖」，伶人早晚一爐香，在裊裊香煙中吊嗓練功，有祖師爺看著、管著、伴著，才耐得下劈腿拉筋的辛苦，才吃得下旁人吃不下的苦，祖師爺是伶人心靈依歸。

被奉為祖師爺的唐明皇，當然也隨著戲班出現在梨園仙山，但就在進入太真仙子玉殿演出的那一刻，卻猶豫踟躕，退縮不前。他思念楊妃，卻不敢見她，而失去心靈依靠的戲班伶人，演出大亂，遭致被逐出宮的命運，連戲箱都遭火焚，引出《水袖與胭脂》整部劇情。而軟弱不敢自剖的唐明皇，後來是被行雲班班主激發出力量，二進宮重新面對楊妃時，才敢藉伶人無名公子之口唱出自己的悔愧。人生多少說不出的情感，或許要抹上胭脂、披上水袖，角色上身才能說。戲劇可以幫助人剖析自己、挖掘自己，戲劇可以療傷。以「水袖」與「胭脂」為劇名，除了營造「演戲」的意象之外，更有這層涵義。

這是個從「角色」出發的虛構故事，以「祖師爺的心事」為核心的故事，而戲神祖師爺形象該如何呈現？我和導演討論，想改以「喜神」暫代「戲神」。其實「戲神」和「喜神」是不同的，「戲神」是祖師爺，喜神卻是鐵鏡公主、李豔妃等角色手裡抱的小孩子，用紅衣包裹的木娃娃。喜神雖不是祖師爺，但在後台也備受尊敬，不得胡亂驚擾。若真把祖師爺請上台去，形象過於嚴肅，演員在台上恐怕也根本演不下去。因此改採喜神之形，更以喜神被紅巾包裹的形象而暱稱為「彩娃兒爺」。這雖是權宜之計，但其中也有個道理。要成為能在祖師爺面前抬得起頭來的演員，必須具備兩個條件，第一是唱唸做打四功五法技巧純熟，但空有「技藝」還不夠，還需要有第二個條件：要能自我剖析，面對自己的內心，自己的創傷。而祖師爺本尊當然也得擁有這兩層。《水袖與胭脂》到最後階段，唐明皇終於激生勇氣，自剖傷痛，唱出悔愧。要到這一刻，祖師爺才親身印證「好演員」的兩個條件。而此時戲已近尾聲，待劇終謝幕，全體團員必將抱著喜神到後台祖師爺面前深施一禮，相信祖師爺必能體諒。

劇本寫完那一剎那，我心中極為惶恐，走到後台祖師爺面前，誠誠懇懇行了三鞠躬禮，那時殘月未消、朝日已上，目之所及，兼攝陰陽。當下心有所感，又在劇本上補上一段伶人無名的唸白：

> 每日黎明即起，祖師爺面前清香一炷，隨即練唱。有時情由心生，無本無詞，逕自詠歎成調。唱至動情處，似覺祖師爺含情相對，淚眼迷濛。那時殘月未消、朝日已上，乍陰還陽……

這是個「演員」與「劇中人」甚至「劇中人的歷史形像」合而為一的狀態，曖昧混沌、虛實難分，而這正是創作的狀態。祖師爺，該不會冒犯您吧？梨園，是個創作的園地。

國光劇團後台供奉的祖師爺。

《水袖與胭脂》演祖師爺故事，但為便於表演，改用喜神登台。

畫魂

有象亦有聲
——《畫魂》創作自剖

我是個京劇編劇，當錢南章老師和國家交響樂團邱瑗執行長找我編歌劇時，第一個反應是：弄錯了吧？我完全外行！但我竟接下了。也不知從哪裡來的膽量。事後回想起來，和邱瑗《快雪時晴》共事的愉快經驗，是個原因；錢老師和師母穩定溫厚的鼓勵眼神，是鼓動的力量；而潘玉良精采的一生，更令人難以抗拒。

人生的因緣際會真是巧妙難言，除了《畫魂》，同年我的工作單位「國光劇團」另有一部新戲《孟小冬》，我同時準備兩部戲的資料時，先還以為共通點僅在於兩位主角都是女性藝術家，同樣以上海為藝術才華的啟動地。而讀著讀著，突然發現，兩人竟在同一年去世，一九七七。

一九七七，對年輕朋友而言，可能是史前史，但，對我不同，那年我大學畢業，戴著方帽在台大門口和父母合照的照片仍鮮明在目，旁邊一行小字寫的是「此生誓以戲曲為職志」，當時我不知道這兩位女性在那一年走完人生旅程，更沒想到三十多年後我會用劇本寫出她們的心聲。孟小冬，一九〇八至一九七七，死在台北；潘玉良，一八九五至一九七七，葬在巴黎，那是中國和西方世界逐步展開對話的二十世紀，孟小冬關上生命一扇又一扇窗，進入自我內在心靈暗房，探索聲音的終極意境。對於這一位謹守古典、深化傳統的藝術家，京劇是表現她的唯一形式。而潘玉良，推開生命一扇又一扇大門，走出個人寬闊天地，也為中國引進藝術新風氣的潘玉良，歌劇是為她發聲的最佳方式。面對兩部不同而同時的創作，我私心期待她們能交互對話、相互對看，因此我採取了「有象亦有聲」的創作原則，聲與色互筆為文，用色澤寫孟小冬的聲音，以聲音描繪潘玉良的畫。兩部戲同樣有象亦有聲。

玉良原姓張，出身妓院，在潘先生幫助下，脫籍煙花，進入上海美專正式習畫。環繞上海美專的一道清溪，竟然叫做蘇州河。身在上海地，河名叫蘇州，此中必然有真意，我想像著這道溪流：「清婉秀麗、僻處在城南一隅，遠離塵囂、潺潺淙淙、掩映著、畫室中、水墨淋漓，伴隨著、精鈎密描、運筆的聲息」，玉良似乎聽到流水的聲音。流水開啟全劇，也貫串全劇，後半玉良遠赴巴黎，傾聽的是塞納河的聲音；最後在二度遠離家鄉的船上，鼓動她心底竄動的藝術靈魂的，是滄海呼吸。

玉良遠赴巴黎，是在上海遭遇了挫敗後的轉折，她總能化困境為動力。挫折來自於一幅裸畫。我設想在「天地微濛」的時刻，女模特來到玉良面前，直勾勾盯著玉良雙瞳，洩一肩長髮，鬆開腰巾、解開扣鍊、褪卻衣衫，側身斜躺、身似流雲，她請求玉良畫出她的身，讀出她的心，畫出她心底幽魂，竄動的幽魂。

我沒有交代女模特遭遇什麼困境，因為那將牽扯另一段人生，我只普遍化的把她的心靈困境當作民國初年風氣未開、昏暗閉塞時代的縮影，重點是玉良在這番人體探索的過程之後，進入了另一層創作境界。這段歌詞，我毫不含蓄的直指身體。我描繪女模特裸體作畫時的姿態：「花莖斜咬，朱唇輕啟，皓齒咀嚼花瓣，啐一口鮮紅似血，點染肌膚雪裡映紅，鼻間汗珠、光瑩閃閃……」這些文字目的當然不在肉慾挑逗，而朱苔麗老師午後的一番談話，讓我震驚。苔麗老師說，她從文字裡讀到的是MAKE LOVE，她問我有沒有這層意圖，我回答沒有，但我懂她的解讀，我要寫的是對於描繪對象的深度理解，而她從中感受到對於身體色澤、線條、紋理、光瑩的徹底接觸與極度探索，她想通過這層體認，唱出玉良攀升進入創作另一番境界的內在動力與體悟。是苔麗老師的透視與剖析，我才警悟到自己筆下的「身體書寫」，具備這層象徵意義。

玉良創作時的藝術摯友，是她在上海美專的同學王守義。王守義和她的心靈交會，或者說對她的藝術啟發，我用「凝視黑暗」一首歌來呈現。王守義驚訝於玉良對色彩的敏銳，但他認真提醒玉良「黑暗」的重要性，真正的畫家要能在黑暗中辨識色彩，色彩不僅有聲音、更有觸感，「紅厚重、黃流盪、綠清涼、棕色陰暗」。色彩像人的身體，禁得起聆聽和觸摸；也必須歷經凝視、聆聽、觸摸，才能進入色澤的內在，呈現探索後的體驗。而本劇對於「天地微濛——凝視黑暗——衝破黑暗」的對照以及層次安排，應該是一目瞭然的。這些顏色的變化也和「流水潺潺、運筆聲息」與「滄海呼吸、幽魂竄動」交互為文，聲與象穿梭映照。

在上海遭遇挫折的玉良，遠赴巴黎，陪伴她的是王守義，但玉良終難忘恩情伴侶潘先生。裸畫——混亂中潘先生搶救下的裸畫——得國際大獎那一刻，潘先生意外現身巴黎街頭，玉良伴著他和一群學藝術的同學朋友一齊來在塞納河畔。河左岸燈明火紅倒映在瀲灩波光中，閃耀如琉璃，這條金色河流，多少人眼中的夢幻希望，在潘先生眼中卻是散金碎玉、片片斑斑，「哪一閃、才是妳、凝望著我、溫柔的眼？哪一波、才是妳秋水雙瞳？」閃爍的金光迷亂了他雙眼，只看到光影迷離，卻找不到看不清玉良在哪裡。他融不進玉良的生活，黯然神傷；而徜徉在塞納河邊的玉良，穿梭於人群中，眾裡尋他。潘先生支持玉良，藝術心靈的交會卻達不到更高境界，即使玉良願意為他回到中國，回到蘇州河畔，但距離終究是距離。

玉良人生中王守義的份量應該比較重，他們一起行走在藝術道路上。但我不願意在戲裡太過加重，只用含蓄之筆寫王守義對玉良的影響。或許我仍不敢面對人生的現實吧，或許我對潘先生「情深義重」，不忍心這位救玉良出深淵的人在我筆下被拋棄或輕忽。但，將心比心，我想玉良對潘先生，應同我心。所以，我的處理是虛實互見，表面上潘先生戲份重，但內在支撐玉良的力量來自王守義。所以，對於玉良的畫做出析論的是王守義，最後，當玉良二度離開上海隻身遠離故鄉時，在大海上，在黑暗中，她想著潘先生對她說「我老了，只想守住窗前一點燈紅」的同時，浮現在她耳畔的是王守義的「凝視黑暗」。她發現自己的無限潛能，體認到自己對色彩的敏銳無法放棄，她聽見滄海呼吸如同運筆聲息，這股強大的力量鼓動著她，她一邊唱著全劇最後一首歌「衝破黑暗」，一邊拿起畫筆，畫下生命中重要的一幅畫「我的家庭」，而畫中主角是潘先生。

傳記上說，潘玉良最後和王守義合葬於巴黎。

而歌劇《畫魂》終結在玉良改從潘姓。「我的家庭」署名時，她為自己冠上潘姓，全劇最後一句歌詞終結在「潘玉良」三字。本劇一開始時，玉良原姓張，考取上海美專時她就想要改姓潘，以報答賜予她新生的潘先生。但潘先生不同意，他要玉良做她自己。本劇第一幕就結束在「潘—張—潘—張」的音聲交疊中，而發展到劇末，玉良唱出了「潘玉良」。

我不知道這是不是玉良想要流傳在後世的人生故事，只能說這是我對玉良一生的掌握。文學哪有什麼真假對錯，對我而言，感動是一切，能通過創作進入另一個人的人生，足夠感動了。

圖說劇作

《孟小冬》登場，一切都是回眸一瞥。

伶人第一部曲《孟小冬》

冬皇，京劇頂尖女老生

死前靈魂游離　回眸一瞥

回看自己「尋找聲音」的一生

王安祈

《孟小冬》以聲音為主題，樂隊設在台上，鑼鼓、掌聲、喝采、槍聲、流言蜚語竊竊私語……眾聲圍繞中，孟小冬堅持自己的余派嗓音鍛鍊。她和梅蘭芳、杜月笙的兩段戀情，本劇也都緊扣聲音。

孟小冬

【一陣聲響】

（內心獨白）

什麼聲音？

閃電雷鳴？疾風暴雨？槍響？鞭炮？掌聲？喝采？

還是說長道短的人聲嘈雜？

一輩子任誰也甩不開這些擾人的。

我在喧譁中長大，急管繁絃裡、自能找一份安寧自在。

您呢？走進鑼鼓喧嘩，為的什麼？

來看戲？看我唱戲？

今兒個什麼戲呀？上座怎樣？滿座？三成？

（看看台下）

今兒個座兒不錯啊，人來的真多。

（彷彿進入回憶）

打我第一次上台，台下就是黑壓壓一片，熱鬧，

台下熱鬧、台上也熱鬧，

今兒的戲好熱鬧，「宏碧緣」

連台本戲，連演二三十集，集集驚悚、步步驚奇，飛簷走壁、綁架殺人、高潮迭起！

【舞台的一區演一段戲中戲：宏碧緣。只有武打，沒有唱念】

我在那兒（指著正在演出的武生）
駱宏勛，男主角兒。
掌聲如雷，那是給我的，十二歲的我！
十二歲就成了上海大世界的頭牌。
大世界，上海的大型百貨公司，
一樓精品、二樓洋裝、三樓唐裝、四樓京戲、五樓上海小曲、六樓歌廳跳舞。
競爭可激烈呢，
所以，我在那兒什麼都得唱，
「槍斃閻瑞生」
時裝新戲，社會新聞，真人真事，
我演閻瑞生，嫖客，殺人的嫖客，殺了妓女的嫖客，
十二歲的嫖客。
連演幾十場，一票難求。
劇情曲曲折折，可我排三天就能上場。
我怎麼做到的？
功在身上，從小練的，拿起來就是，安在哪兒是哪兒。

腔呢，又高又尖，
唱一句您聽聽：
（唱）黑夜裡沉甸甸無處逃亡
過癮吧？
可我不想這麼唱，
我心底有一種聲音，常在呼喚著我，
睡著醒著地浮現在耳邊。
這聲音存在嗎？真實嗎？我都分不清了，
我只想能唱出那樣的聲音：
高而不尖、寬厚沉實，脫盡火氣。
（唱）【洪洋洞：為國家哪何曾半日閒空】
後來我知道，那叫余派，余老闆的唱法。
我要找那樣的聲音，我想學。
十四歲的我離開了上海，放下一切，尋找這聲音。
我走下舞台，穿過座兒，走出大世界，走出上海，走出這十里洋場。北京，我來了！
【胡琴演奏各式腔調，忽而西皮、忽而二黃，慢板、流水交錯穿插、此起彼落。一方面代表時間流逝，一方面表示北京戲園子多】
北京的戲園子真多，隔個街口又是一家，一家家都是名角兒，我要找的聲音在哪兒？

我走了進去，但，沒有那聲音，

他沒來，余老闆沒來，臨時沒來。

眾人七嘴八舌

—余老闆怎麼還沒來呀？

—公主都扮戲了，楊四郎還沒到，快派人去催呀！

—早就去催了，臨時墊一齣「花子拾金」！

—余老闆病啦，請大夫到家看診，說看完診就來。

—余老闆怎麼動不動就生病？誰知道是真是假！

—早不病、晚不病，每回生病都趕在節骨眼上。

—「花子拾金」馬後點，多拖些時間。

—已經「馬後」啦，二十分鐘的戲唱了一個鐘頭啦！

—叫花子撿到黃金，開心的唱小曲，西皮、二黃、梆子、墜子、南管、北管、歌仔戲，什麼腔調都能唱！

—都唱啦，快沒詞啦！

—已經沒詞了！您瞧花子在台上直回頭衝著後台使眼色：讓我下來吧！

—這可不成，這麼辦，請言老闆救場。

—誰肯救？余老闆的腔多講究啊，唱得跟余老闆不一樣，花錢的大爺準定挑眼，回頭這句太高那句太低，好心救場反被褒貶一番，誰樂意啊？

—總得找個正宗余派，還得透著幾分新鮮。

—北京城裡叫得出名號卻又帶著三分陌生的，那才新鮮。

——（對著孟小冬）就您啦！

孟小冬 （內心獨白）我就這麼被拱了上去。

孟小冬 （對話）我是來聽戲的，買了票的，包廂的座兒！

後台管事 明晚上請您坐包廂，每晚上都請您坐包廂，今兒個可得請您台上站！

孟小冬 （對話）哪兒跟哪兒啊？唱什麼？

後台管事 「四郎探母」！

孟小冬 （對話）跟誰唱啊？

後台管事 梅先生！

孟小冬 （對話）梅先生？

後台管事 您代替余老闆，和梅先生探母！

【第一首新編曲】

孟小冬唱

錯愕、慌亂、欣喜、驚顫，
猝不及防、未敢置信、一陣昏惶、一陣茫然。
梅韻高華、懸在天邊
誰能夠近身誰得攀？
老天爺怎對我突然施恩眷？

初生的嫩芽何德何能、無端被推擁到梅邊？
汗淋淋、意惶惶、心驚顫，
卻又不容慌亂、無暇驚顫、好一陣、拖拉推擠、此身被擁至妝鏡前。
早有人手執紗網、摩拳擦掌、撲粉拍面，
吊眉勒頭一陣緊纏。
四郎的蟒袍才披上，
已有人為我把靴穿。
鑼鼓三通催人緊
梅孟二字、大紅招子、張掛台前。
掌聲響起、我強壓顫抖「伊伊啊啊」喊幾聲嗓——
（轉成京劇「探母坐宮」原詞原腔。孟小冬飾演者魏海敏一人唱老生楊四郎和旦角鐵鏡公主）

（四郎）我和你好夫妻恩德不淺
賢公主又何必言語太謙。
楊延輝有一日愁眉得展，
誓不忘賢公主恩重如山。

（公主）講什麼夫妻情恩德不淺，
咱與你隔南北千里姻緣。

因何故終日裡愁眉不展，
有什麼心腹事你只管明言。

（四郎）非是我終日裡愁眉難展，
有一樁心腹事不敢明言。
蕭天佐擺天門兩國交戰，
我的娘押糧草來到北番。
我有心過營去見母一面，
怎奈我身在番難以過關。

（公主）你那裡休得要巧言改變，
你要拜高堂母就我不阻攔。

（四郎）我本當過營把母探，
怎奈我無令箭不能過關。

（公主）我有心與你金鈚箭，
怕你一去就不回還。

（四郎）番營宋營距不遠，
　　探母一面即刻還。

（公主）宋營離此路途遠，
　　一夜之間你怎能夠還？

（四郎）宋營離此路途遠，
　　快馬加鞭一夜還。

（公主）先前叫我盟誓願，
　　你對蒼天就表一番。。

（夾白）和梅先生唱戲真痛快！梅先生和我調門相當、尺寸一致，唱得我嗓子全開了，一陣對啃，後面的「叫小番」嘎調，毫不費力、一衝而上！

（四郎）一見公主盜令箭
　　本宮才把心放寬。
　　站立宮門、叫小番！

孟小冬　（內心獨白）我記得當時那掌聲，比現在還熱烈。到底唱得怎樣？我也不知道，後來聽人家說：好極了。當時的觀眾（包括「梅黨」）

七嘴八舌　—好啊！

—硬是要得！

—嗓子、韻味兒、氣口、尺寸，嚴絲合縫！

—連呼吸都在一塊兒！

—簡直是同一個人分唱生旦！

—珠聯璧合！

—天作之合！

—絕配！

—絕配！

孟小冬　（內心獨白）那天我什麼都不記得了，只記得上場的時候，有人喚我，那聲音真好聽，那語調，您聽——

孟小冬回憶與梅先生合演《四郎探母》，但沒有人扮演梅蘭芳，因為梅是小冬想遺忘卻揮之不去的璀璨陰影，本劇選擇只出聲而不現身，由飾演小冬的魏海敏兼唱梅派，像是小冬死前耳畔浮起的聲音。

孟小冬回憶與梅先生合演的《遊龍戲鳳》，沒有人飾演梅蘭芳，皇帝(老生)和李鳳姐(旦角)都由魏海敏兼唱。

（孟小冬回憶梅蘭芳在後台對她說話）小冬，別慌，把翎子整一整再出台，要不、太偏斜了，不好看。

（內心獨白）是梅先生！出台時，梅先生叫住我。我沒敢看他，他伸手幫我理了理翎子，我——

（唱）

【第二首新編曲】

渾身一顫、頭低下，

緊盯著他、「花盆底兒」旗鞋上、展翅鳳凰、滿目紛華。

（新編曲中的夾白）我不敢看他，而他在看我，轉過來、歪著身子看我——

（接唱。這句是「四郎探母」裡公主剛出場的唱，請以京劇原詞原腔夾在新編曲中，仍由飾演孟小冬的魏海敏演唱。這是孟小冬回憶自己扮演的四郎在台上看著梅蘭芳扮演公主出場時的聲音）

我本當與駙馬消遣遊玩（公主邊唱邊歪身看四郎）

（新編曲中的夾白）此時我不該看他的，四郎正在低頭輕嘆。

沒想到，那對展翅鳳凰、不知怎麼、竟到了我跟前。

（新編曲中夾的「四郎探母」公主唸白）「哈哈，好你個木易駙馬，來到我國一十五載，連個真名實姓都沒有，今兒個說了真名實姓還則罷了，如若不然，奏知母后，我說哥哥啊哥哥——」

（新編曲中的夾白）我猛抬頭——

（接唱新編曲）

猛抬頭、看見一朵海棠花，他頭上一朵海棠花，

（新編曲中的夾白）忍不住用手……手裡的扇子，輕輕撥弄了他……（接唱）他……他的海棠花。

（這段是京劇「遊龍戲鳳」，梅孟合作的另一齣戲。請維持原詞原腔，插入新編曲中，仍由一人分飾老生和旦角）

（老生皇帝）好人家來好人家，不該頭戴海棠花。

扭扭捏捏人人愛，風流就在這朵海棠花。

（旦角鳳姐）海棠花來海棠花，反被軍爺取笑咱。

我這裡將花丟地上、踏來踏，

從今後不戴這朵海棠花。

（老生皇帝）大姐做事理太差，不該踏碎這朵海棠花。

為君與你來拾起，我與你插——與你插——

（新編曲中的夾白）四郎看著公主，不，皇帝看著鳳姐，鳳姐看著我……梅先生看著我。

（接唱新編曲）

我把他、鳳姐的繡紋長巾、輕輕踩踏，

他那裡、啐我一口、輕笑一聲、羞跑下，

我望著他，笑哈哈——（不是唱笑哈哈三字，而是京劇老生的笑：呵呵哈哈）

下了戲、卸了裝，我拿起他繡紋長巾，輕揉慢搓、拂雙頰。

鏡裡的我、紅了雙頰，

忽的、鏡中也出現了他，

他望著鏡中的我、笑微微、也紅了雙頰，

梅孟在照相館相互化妝，戲拍《遊龍戲鳳》反串照。原唱旦角的梅先生扮成老生，原唱老生的小冬妝成旦角。

孟小冬

我雙頰更紅、紅似海棠花
鏡兒裡、紅頰兩雙、海棠兩朵、雙雙映菱花。

【第二首新編曲到此結束，其中京劇《遊龍戲鳳》維持原詞原腔】

（內心獨白，安靜甜蜜地說）什麼聲音啊？胡琴？笛子？三絃？洞簫？風拂過枝頭？水流過溪谷？我的呼吸？

色彩越來越繽紛，青煙，紫霧，孔雀藍，海棠紅，千絲萬縷，晃動、搖漾。整個天空都是色彩，誰的顏色？翎子？湘紋？還是，聲音的光澤？聲音有光澤嗎？我迎向色澤，身子好輕，飄了起來，翱翔、迴旋，分不清是奔騰、飛天，還是墜落、飄零？我浮蕩在聲音裡，纏繞在色澤間，解不開，千絲萬縷纏在一起，好多顏色纏成一道，交錯、混淆、糾纏，好亮，看不清，看不清，看不清，忽地，七彩退去，白光一道，好亮的白，刺眼的銀白，看不清了，看不清——（啪：照相的閃光——孟小冬以為要尋找的聲音就應在和梅先生的嗓音共鳴裡，但——）

我在哪兒？

（原來是拍照的閃光。照相館裡，梅孟相互化妝。梅蘭芳先幫原唱老生的孟小冬化妝成旦角鳳姐，孟小冬再幫唱旦角的梅蘭芳化妝成老生皇帝。兩人相互反串《遊龍戲鳳》）

孟小冬唱

【第三首新編曲】

相互扮妝，
他為我、勻了粉面、注了胭脂、點了絳唇。
輕揉淺約、緩緩暈、泛開了一抹嫣紅，
再為我描就了春山兩彎，映照著秋波一泓。
輕攏起、雲鬟霧鬢
斜簪上、金雀玲瓏。
款步輕移，嬝嬝娉婷。
（接下來是孟幫梅化反串妝）
我為他、我為他、理容妝，褪卻了青春女兒紅。
再為他、描眉如劍、英姿挺，
掛鬚髯、絲絲可玩、行一步、飄然如風，
風流天子、翩翩遊龍。
（兩人反串裝都化好了——但，所謂兩人，都只是孟小冬死前的回憶）
妝成雙對鏡、
驚見鏡中人、竟覺認不真，
似曾相識、認不真，
可是真？認不真，
轉身對凝神，

回眸再對鏡，
我怎成俏佳人？你怎是男兒身？
俏佳人？男兒身？
乾坤倒錯、陰陽怎分？
是耶非耶？誰假誰真？
心迷濛、神恍惚
但只覺、春煙裊裊、春水溶溶
相對望、夢酣春透、夢酣春透、琥珀穠。

【第三首新編曲結束】

孟小冬

（內心獨白）跟梅先生唱戲真舒服，咱倆雖然一個老生一個旦角，共鳴點卻是一致的。
他的共鳴在這兒（指著眉間鼻心上唇），我的位置下面一點，
看起來一高一低，可是氣沉丹田，由下往上、一氣貫通。
我平常吊嗓，總喜歡先吊一段青衣，再回到余派老生，
好像這麼一來，整個氣息才打通，才能從心坎裡唱出來。
梅先生和我常一塊兒對腔，找共鳴。
那天，唱的是劉備、孫尚香「龍鳳呈祥」。

（用京劇韻白唸）

（生）龍鳳呈祥非偶然，

（旦）千里姻緣一線牽。

（內心獨白）我喜歡孫尚香，果斷、痛快，自幼愛習武藝，屋裡擺設全是刀槍劍戟，嚇得劉備不敢一個人進洞房，硬拉著常山趙子龍保駕！這女子有趣！但……這樣的女子，跟了劉備，還是得跟著回荊州。

我記得，梅先生說：

（回憶梅蘭芳說：孟小冬飾演者魏海敏模擬梅說話）小冬，跟了我，別再上台唱戲了。

孟小冬 我喜歡跟你唱，尤其想跟你演對兒戲。

梅蘭芳（孟模仿） （孟小冬飾演者魏海敏模擬梅說話）小冬，唱戲辛苦啊，我到現在都還常做這樣的夢，夢見我上台突然沒詞兒了，「三堂會審」這麼熟的戲，上台竟一句都想不起來，一身冷汗嚇醒。唱戲，擔驚受怕，跟了我，你就別唱了。來，我幫你卸。

孟小冬 我先幫你卸……

梅蘭芳（孟模仿） 不，我等會兒還有一場「大登殿」，王寶釧，不卸了。

（稍停頓）

孟小冬 （內心獨白）我沒再扮上。

每天一個人在家裡，我一個人的家，梅先生備下的。

【第四首新編曲】

梧桐院落、深深靜
雕花芸窗、月影沉。
（夾白）梅先生總在排戲
絲竹不輟、弦未停，
葬花奔月、西施洛神、俊襲人。
他嗓更美、味更濃、清純雅正，
恰是我、一路追尋的、心底聲音。
難道說、尋尋覓覓、正是此音？
難道說、我今生竟為此音生？
倘若說、我今生原為此音生，
為什麼、這聲音近在耳畔又遠在天邊、欲待聽時、飄渺無蹤？
欲近難近、欲親難親，
長夜漫漫、伴我的、卻是唱盤、片中音。
（這句是京劇余派「捉放曹」二黃，請維持原詞原腔）
一輪明月照窗下
（自問）梅先生今兒晚上什麼戲啊？（想了一下，自答）
喔，「貴妃醉酒」。這會兒，該唱到哪兒啦？

（「貴妃醉酒」京劇原詞原腔）
人生在世如春夢，且自開懷飲盃巡
（夾白）梅先生哪裡去了？

（接新編曲）為什麼、這聲音、近在耳畔、又遠在天邊
（夾白）國外？美國在哪裡？

（接新編曲）欲待聽時、飄渺無蹤？
（夾白）在國外唱戲，他們懂嗎？
「天女散花」、「西施」、「洛神」，
就算不懂，也知道一個個中國美女，完美無瑕。

（接新編曲）
一個個、完美無瑕、雍容雅正
一個個、冰雪丰姿、超然出塵。
心事縱有、也須藏蘊
不激不偏、玉潔冰清。
台前幕後求至美
絕不容一點瑕疵印在身。

婚後，小冬卸妝未登台，孤獨的在梧桐院落裡，聽著余派「一輪明月」唱片。此時，梅先生正在國外演出。

到如今聲震寰宇名傳四海
更不容半點瑕疵印在身。
人道他、靈光萬丈清妙境
誰解他、絳唇珠袖寂寞心？
人羨我、簪得梅花度芳年
誰解我、獨對冰寒孤冷情？
寂寞心、孤冷情，
欲近難近、欲親難親，飄渺無蹤！

【這首新編曲尚未結束，音樂驟變】

（一聲槍響）

梅黨七嘴八舌

—出人命啦！

—小冬剛到北京，怎麼就有這麼多仰慕她的人，還鬧出事來。

—還是個大學生！

—公然持槍登堂入室，跟梅先生爭奪小冬，風雅之事成了緋聞醜事，這對梅先生傷害太大了！

—梅先生一向雍容典雅，怎能沾上這種事？

—梅先生完美無瑕，不能犯錯。

梅黨七嘴八舌

（接唱）
完美無瑕、雍容雅正
冰雪丰姿、超然出塵。
溫柔敦厚、玉潔冰清
蜚聲國際、人間至美
怎容得一點瑕疵印在身？
怎容得半點瑕疵印在身？

【第四首新編曲到此結束】

梅黨中的一人

真是多事之秋，梅家老太太過世了！

【第五首新編曲】

（梅家老太太喪事給孟小冬帶來踏進梅家的機會，戴上白花時，心中有期待有希望）
換素服、簪白花、戴孝巾，
一步一步走向梅家大宅門。
腳蹤兒從未踏近這門第
心兒裡卻已早有千百回行。
一路上心不定

轉過了小河塘三岔路徑
他每夜晚曲終人散歸家時、必由此行經。
向左行、花陰深處是梅宅大院
右轉身、我梧桐院落月影沉。
我想知道、他踏月歸時可曾左右顧盼？
我想知道、他行經此處是怎樣的心情？
好幾回我靜待在三岔路口、隱身樹後，
遙望見他迎面來、我欲待相迎又卻步回身。
從不想現身、將他攔阻將他問
我只想看看他、可會駐足暫稍停？
倘若他車輪暫住、車簾輕揭
樹後的我止不住笑揚唇、任憑熱淚流入唇。
倘若他車未停、直驅左轉，
我頓覺寒瑟瑟、任是春深也遍體如冰。
只剩下一彎冷月照孤零、人影相伴、獨自歸來獨自行，
唱一曲「一輪明月」到天明。
多少個不眠夜、煎熬不盡
今日裡一身孝服、盡禮數、依理而行。
到門首整儀容雙環叩，
（縮手，再整理整理孝巾和白花）

再理一理白花孝巾、把氣息調勻。

【第五首新編曲結束】

（叩門，出來一女子，一樣地頭戴孝巾）

女子　哪位？

孟小冬　靈前祭拜。

女子　哪房親戚？

孟小冬　……梅先生……

女子　梅先生在靈前。

孟小冬　請回稟一聲，是我。

女子　梅先生哀痛逾恆，不便見客。

孟小冬　請向梅先生回稟一聲。

女子　先生身子，最是要緊，得好好顧著。

孟小冬　先生他……

女子　唉，別為難先生了。

【孟小冬黯然轉回。唱上半場尾聲】

一夜西風、老了嬋娟、老了嬋娟！

【中場休息】

孟小冬

【下半場開始】

（內心獨白）您還在嗎？

您留了下來，繼續聽我唱？

是聽我的唱？還是聽我的故事？聽我在離開梅先生後、還有什麼故事？

或者，您是一邊聽我的唱，一邊猜我的心事？

難怪您想猜。

離開梅先生之後的孟小冬，常做男裝打扮：「旦角這行當，算是沒學過，就算扮過一回，也唱砸了」

離開梅先生那年，我才二十四歲，

距離此刻，老病臥床的此刻，整整四十五年。

那之後我還能活下來，一活四十五年，我自己都很驚訝，

難怪您想猜。

二十四歲的我，不想重新站上舞台。我知道觀眾來看的，是離開梅蘭芳之後的孟小冬，我不想這麼被看，我不上台。

直到三十歲，我才重新走進戲園子。

那是一家重新裝潢後新開幕的劇院，黃金大戲院，老闆是杜月笙。

那時開始，我跟這三個字密不可分。

好像又一段八卦！

我知道，很多人好奇，

有人說，我是為了金錢，

有人說，我是為了權勢，

也有人說，說我說過：「要嘛不再嫁，要嫁就要嫁一個跺一跺腳能讓滿城亂顫的人！」

我說過這話嗎？

我記不得了。

就算記得，我會告訴您嗎？您猜。

怎麼開始的，我也記不得了，

只記得他請我剪綵，為他的黃金大戲院開幕剪綵。

我還在猶豫著、考慮著，就聽見前台在唱「四郎探母」，唱公主的是個程派，（隨口哼哼：猜一猜駙馬爺腹內機關——）程派的公主，挺獨特的。

（杜月笙唸著鑼鼓經登場）

杜月笙 獨特，對了，就是要和人不一樣，只此一家別無分號。

孟小冬 喔，是杜先生，您該上戲了，「探母坐宮」唱完了，該您的「天霸拜山」啦，怎麼還在後台？

杜月笙 小冬姑娘怎麼恍神啦？「拜山」已經演完啦，下了戲啦，您全沒聽見？敢情還在想著「探母」呢。

也好，幸虧您沒瞧見我的窘態，「俺若皺一皺眉頭算不得俺黃門中的後代」這句天霸的身段不是該一邊脫衣服、涮衣袖，一手拍胸脯，一招一式都在——（唸鑼鼓經）嗎？

嘿，我衣袖沒甩起來！

我這輩子，甭管是水裡來、火裡去，從來有板有眼，哪一個亮相不漂亮？那一個轉身不精采？沒想到今兒個砸了，京戲的台還真不是咱們外行能隨便站上去的。

孟小冬 彩排嘛，又沒人瞧見，瞧您這認真勁兒，直呼直令。

杜月笙 扮上了就是天霸，彩排和演出，只差有觀眾、沒觀眾。

孟小冬 觀眾入了座兒，有叫好的，便也有喝倒采的；更有些不知是來看什麼的，瞎起鬨。

杜月笙 自個兒唱自個兒的戲，捧場的也好，起鬨的也罷，總不能出錯了步。

孟小冬 杜先生真有膽識，「天霸拜山」我們內行也沒幾個能拿得起來的，您票戲玩兒、竟敢動天霸。

杜月笙　我喜歡天霸。江湖漢子，生在綠林，長在綠林，卻又難免想抽身綠林；一旦離開綠林，真的進入官衙，當了差、做了官，卻又心懸綠林；官府有令圍剿綠林時，面對自個兒兄弟，哪兒下得了手？有朝一日上司官差被綠林劫走，可又得回到綠林、面對舊日哥兒們，一句話不對碴，指不定會斷義絕交、手足相殘。人在江湖，身不由己。人生事千絲萬縷，難分難解，莫過於此，黑白兩道穿梭遊走的辛苦，我可是體會得深了，相交滿天下，真心能幾人？喜歡天霸，心疼天霸，再難演，也想試一回。

孟小冬　我演過天霸，可沒您這體會。服了您哪。

杜月笙　小冬姑娘還演過天霸？

孟小冬　小時候在上海，什麼不都得唱嘛。

杜月笙　唱過旦角沒有啊？

孟小冬　那倒沒有……

杜月笙　可您扮過，照相館瞧見過照片，「遊龍戲鳳」，鳳姐。我說句真的，您別見怪，您這旦角扮相不如老生，眼神，您這是男子的眼神，扮老生，風神瀟落；演鳳姐，英氣太重。

孟小冬　打小歸了老生行，就沒當自個兒是個女孩兒，戲台上帝王將相、英雄俠士當慣了，還以為台下過的是一樣的日子。旦角這行當、算是沒學過，就算扮過一回，也唱砸了。……還談這幹嘛？老生都不準備再唱了。

杜月笙　那怎麼成？座兒可不依啊。

孟小冬　嗓子不舒服，老找不著共鳴。咱們坤生總有個侷限。

杜月笙　哪有什麼侷限？別跟男伶比雄豪，坤生妙就該妙在「一絲甜潤潛運轉、三分清韻留其中」。

【第六首新編曲】

杜月笙唱
恰好比坤旦唱女聲，
嬌音軟媚不耐聽。
必須要男兒音寬沉，
方顯得底蘊深藏、情濃味醇。

孟小冬唱
又想起了梅邊天籟音。
那梅聲空靈輕盈，殊不知他內含底蘊力度千鈞。
如他所言、正是陰陽相交融。

杜月笙唱
乾旦坤生理相通，
男身女形、女學男聲，不諧之處正相成。

孟小冬唱
一句句靈參妙悟語，
竟出自上海灘頭此蛟龍？

杜月笙唱
蛟龍江湖歷練久，
早知黑白難斷評。
人情藝境互為用，
清濁陰陽又怎能截然分？

孟小冬唱
我只知聽梅一曲東風沈醉，
到今日灘頭聞藝、一樣的回甘味醇。

杜月笙唱
原以為赫赫冬皇威名鎮，

孟小冬唱　不想她，意闌珊、情蕭索、女兒心性，
好叫人陣陣憐惜陣陣心疼。

杜月笙唱　若說是水，人道他、驚濤、惡浪、急流、險灘、冰河、血海，
今日裡細聽他言、卻好似一波波暖流鑽入心。

孟小冬唱　江湖亂、時局險、世道雜紛，
唯有你一縷清音、能把愁腸滌淨。

杜月笙唱　珍重你、絕藝身、玉精神、自在為人。
人說他、似閃電、如雷鳴、風疾雨暴，
我只覺春風拂面、融雪化冰。

孟小冬唱　坤伶中早已是出類拔萃，
更要在、鬚生行裡爭頭名。
波波暖流、春風拂面、融雪化冰。
（這句疊在上一句杜月笙「坤伶中早已是出類拔萃
更要在、鬚生行裡爭頭名。」的唱段裡。重唱。）

孟小冬　杜先生說得痛快！勾起我唱戲的興致了，您想唱什麼？我傍您！什麼行當都可以。

杜月笙　好，薛平貴王寶釧。

孟小冬　「大登殿」？

杜月笙　還沒到呢，武家坡前寒窯會。我可只會老生喔。

孟小冬　行，我來寶釧。

孟小冬離開梅先生之後，本來不想唱了：「找不著共鳴了。」但杜月笙的鼓勵又勾起她唱戲的興致，兩人對唱《武家坡》。唐文華扮演杜月笙。

【接唱對口快板「武家坡」（京劇原詞原腔）】

杜（薛平貴）：
蘇龍魏虎為媒證，
王丞相是我的主婚人。

孟（王寶釧）：
提起了旁人我不曉，
蘇龍魏虎是內親。
你我同把相府進，
三人對面他說分明。

杜（薛平貴）：
他三人與我有仇恨，
咬定牙關他就不認承。

孟（王寶釧）：
我父在朝為官宦，
府上金銀堆如山，
本利算來該多少？
命人送到那西涼川。

杜（薛平貴）：
西涼國一百單八站，
為軍要人我就不要錢。

孟（王寶釧）：

我進相府對父言，

家人小子有萬千。

將你帶到官衙內，

打板子，上夾棍，丟南牢，坐監禁，管叫你思前容易你就退後難。

杜（薛平貴）：

好一個貞節王寶釧，

百般調戲也枉然。

懷中取出銀一錠，

將銀放在了地平川，

這錠銀，三兩三，

拿回去，把家安，

買綾羅，做衣衫，

做一對風流夫妻就過幾年。

孟（王寶釧）：

這錠銀子我不要，

與你娘做一個安家的錢。

買綾羅，做衣衫，買白紙，糊白幡，

落得個孝子的名兒在這天下傳。

杜（薛平貴）：

烈女不該出繡房，
因何來在大路旁？
為軍起下不良意，
一馬雙跨到西涼。

【第六首新編曲結束，其中「武家坡」京劇原詞原腔】

杜月笙　（對話）杜某一片誠心，明日剪綵，就請冬皇賞個全臉。

孟小冬　（內心獨白）我接過了紅繩，走進了戲院剪綵，也走進了杜家。雖然真正紅繩結起已是數年之後，但從那一刻起，我回到戲裡。

杜月笙　戲院是我的，班底現成的，在我的戲院唱一台戲，裡裡外外我打點，包管您安心痛快。

孟小冬　（內心獨白）杜先生也想唱戲，我們常點起蠟燭，兩人穿梭在燭光明滅間，看光焰，看光焰從紅色瞬間轉成黃色、棕色、暗紅，我倆或左或右，或前或後，穿梭縈繞在燭光間。他要跟著我練台上的眼神。我們學戲，從小對著香頭練，他卻要對著蠟燭。

我想起以前跟梅先生也常在月光中對望，他要練虞姬的引子：

「明滅蟾光，金風裡，鼓角淒涼」，月光下梅先生的眼神清明透亮，而今天在燭火裡，我看著他，沒想到沒練過的眼神，一樣清明透亮。那是一雙凝視著我的眼，我從他的眼睛裡，看見自己。

但，我沒能陪他上台，戰爭開始了。

【台上伶人演抗金兵「梁紅玉擂鼓戰金山」，重點在表演擊鼓，京劇與國樂團同擊鼓。】

孟小冬（內心獨白）戲，照樣還得唱，「抗金兵」、「花木蘭」、「生死恨」，一齣接一齣，烽火連天，一仗又一仗，「抗金兵」、「花木蘭」、「生死恨」，一齣接一齣……上海終究沒能守住。

我跟著杜先生避亂到了香港，烽火連天，我心裡一陣陣慌，總覺得唱不好，戲還得學。戰爭越烈，我越發想完成心願，耳邊那雅正聲音一再浮起，我想拜師，學余。

杜月笙 余老闆？是個角兒，大角兒。那年我家祠堂落成，那排場！黨國政要、各路英雄都到齊了，南北名角一網打盡，就他，余老闆，就他一個沒來，生病了！誰知道真病假病。

可也怪，至今回想當日，浮上眼前的，竟是那缺席的。

來的，我記不全了；沒來的，獨特，出眾，反倒刻在心裡。

聽說他這幾年真不常上台了，是嘛，動不動生病，這可不？真病得上不了台了。

你想跟他學，好，就依著你自己。我年紀大了，不能照顧你一輩子，做自己想做的，別怕。

（燈暗。時間流逝）

（燈亮）

孟小冬 這幾天你上哪兒去了？

杜月笙 我去了趟北京，東四十三條準備了一間房子，你一去就能住進去。銀行裡用你的名字開了個戶頭，我上海「中滙」在北京的分行，隨時提隨時有，要多少有多少。房子裡裡外外都打理好了，老媽子、園丁、車伕都安置好了，你常吃的藥也都備齊了，還請好了一位大夫。你什麼時候想上北京就什麼時候去。

孟小冬 你特別為我……這屋子怎麼挑上的？

杜月笙 一瞧見門口那株梧桐樹，就認準了。梧桐是鳳凰的家，我沒學問，卻還曉得一句詩：「碧梧棲老鳳凰枝」，聽說是杜甫的，大詩人說的，準沒錯。

（燈暗。時間流逝）

（燈亮）

（孟小冬到了新房子，北京）

【第七首新編曲】

孟小冬唱

梧桐院落、一派幽靜
沉水檀香、散入秋風。
芸窗欄掛如意結、千絲萬縷
朱簾上綴鈴鐺、八寶玲瓏。
彩匣朱粉胭脂扣
菱花古鏡伴瑤琴。
屏風上金山碧水施彩繪

細看來、原來是、黃浦灘頭春色濃。
江湖男兒心如繡
還有那張張唱片擺置勻。
眼前景依稀曾經歷
再回頭已是百年身。

（在桌上看到一個大花瓶，下面壓著一張紙條，是杜月笙留的，唸——）

這屋子清幽，吊嗓不會擾人；若不想人聽，就對著瓶口唱，聲音不會傳出去。

杜月笙的聲音
傳來

（孟很激動地對著瓶子唱了一句京劇「文昭關」）

孟小冬

一重恩當報九重恩
什麼聲音？胡琴？笛子？風拂過枝頭？水流過溪谷？
我的聲音？我自己的聲音？
我聽見自己的聲音了！？
頭一回聽見自己的聲音！
沒有一點嘈嚷，沒有一點雜音，
總算甩開那些擾人的了。

難道、總得對著瓶子唱，才能聽見自個兒的聲音？
而，我真就不給人聽了嗎？不再唱給人聽了嗎？
（緊接余叔岩下面的這一段「我為自己唱」）

余老闆　（下面余老闆在舞台上方高架檯面上談藝的兩段話，穿插著孟小冬以分解「字頭、字腹、字尾」的方式唱京劇「為國家哪顧得……」的練習清唱）

◎多年沒上台了，身體不好，不過倒也是另一條路子：我為自己唱，不為座兒唱。如今這一齣新戲、那一齣新戲，無不七彎八拐、柳暗花明，編戲的盡談些戲劇性，殊不知，戲越曲折、情味越淡。唱戲唱戲，講究的是唱，咬字、發聲、收音、歸韻、落腔、氣口，無一不是學問。上台面對觀眾的時候，得講求戲劇性，如今不上台了，面對胡琴，聽自己的聲音，倒可以一個勁兒的往深裡走。正是：「人生百態窮不盡，一曲能通天下情」。意境不在劇情裡尋，不在唱詞裡找，就在這一字一音：

孟小冬　（內心獨白）原來戲可以這麼唱，我放下一切，從頭開始，把從前都拋了，從頭來起，重新找發聲、找共鳴。

余老闆　（以下將開始孟小冬所唱「第八首新編曲」，余叔岩這幾段話，穿插其間）

◎嗓子不夠寬，就以峭拔取勝；不夠厚，就以頓挫彌縫。揚己之長，補己之短，這才見功夫，顯個性。

余老闆 ◎劇情天翻地覆的時候，我不唱；得等到事過境遷才唱，那時側身天地、獨對蒼茫，才禁得起咀嚼。

余老闆 ◎唱戲的享受，就在唱出一股人生況味。

余老闆 ◎學到無所不能時，方知有所無須為。

余老闆 ◎運腔如運筆，中鋒到底，一偏就左了。

（運筆寫書法）

孟小冬唱 【孟小冬唱第八首新編曲】（中間穿插上面余叔岩幾段話）

千絲萬慮俱滌淨，
精醇只向音聲尋。
非關文辭與戲情，
一字一音韻最真。
尋尋覓覓、耗盡了心血用盡了情，
原來竟在自身丹田氣息中。
水流千遭歸大海，
到此時、澄明透亮、海闊天清。
調氣息、每日習書藝，
恰正好、把點點心事對你細訴對你云。
好教你、見書如同見其人，

孟小冬學余派唱腔，這段情節如何表現呢？本劇掌握余老闆所說的「運腔如運筆，中鋒到底」，舞台同時呈現三個時空：孟小冬學唱／練字／寫信，杜月笙收信讀信，余老闆在高層舞台說藝，

孟小冬

逐字逐句、跟隨我度過每一個日出日落月東昇。
今日我練的是「娘子不必太烈性」，
這「性」字、我反覆練了百來回、總覺得音不開闊、聽不明也唱不真。
對菱花、看口型
對玉瓶、聽回音
到今日、忽悟真諦，豁然貫通
不高不低、不大不小、不偏不倚、恰得其正、滿心歡欣。
多年追尋得安頓，
立庭院、對春風、連歌幾聲。
這聲音、隨風傳遞、千里吹送，
你在那、天涯海角迎風立、傾耳聽、可曾聽見我歌聲？
（轉唸白）可曾聽見我……呼喚你。

（剛才這首新編曲已唱完，但音樂請不要停，連貫到下面這段獨白）

（接唸白。這段獨白與上半場語言相近，以色澤形容聲音，而此刻孟小冬心情漸趨穩定，對聲音的追求已有掌握，繁華落盡見真純，七彩光芒融合之後成為純白，這段越唸越安靜。）
迎著風，你看見沒有？青煙、紫霧、孔雀藍、海棠紅，千絲萬縷，晃動、搖漾。整個天空都是色彩，誰的顏色？青花瓷？胭脂扣？還是、聲音的光澤？聲音有光澤嗎？

千絲萬縷纏在一起，好多顏色纏成一道，交錯、混淆……忽地，七彩退去，純白一片！安祥寧靜。

（音樂停）

孟小冬 （內心獨白）在這兒學余學了五年多，老師過去了，戰爭也快過去了。杜先生從香港來接我回上海。

孟小冬 屋子你當年親手打理的，卻沒來過。

杜月笙 誰能料到呢？這幾年跟余先生學得怎樣？

孟小冬 蒼勁。學會了唱出蒼勁，濃郁裡得帶點兒沙啞老音。

杜月笙 蒼勁……我也老啦，活了快一甲子。過兩年，真到了六十，辦場戲吧。

孟小冬 外頭這麼亂，還辦戲？

杜月笙 愈亂愈想聽戲，祝壽是假，不過是為了湊集名角想聽幾齣好戲吧。妳也來一齣吧，讓我聽兩口正宗余派。

孟小冬 ……您杜先生壽宴，我以什麼身分唱？

杜月笙 如今，最放心不下的就是你，卻從沒敢提過，既然這樣，回上海咱倆風風光光辦場婚禮。

孟小冬 風光倒不必，只要當真。在自己家裡就成。

杜月笙 走，這就回去，回家。

孟小冬　（內心獨白）一起回到上海杜家，紅繩終究是結上了。上海，熱鬧著呢，戰爭結束了。梅先生復出，唱「牡丹亭遊園驚夢」，全國轟動。全國都在慶祝戰爭結束。

【牡丹亭驚夢，柳夢梅、杜麗娘由夢魔神牽引相會】

孟小冬　（內心獨白）戰爭結束了嗎？是有一陣子停鑼歇鼓，但好像是咱們唱戲「中場休息」，喘了口氣又開戰了，到底是誰打誰？我弄不清，誰弄得清？

杜月笙　這時局，連我都不知能做什麼，辦壽宴吧、轟轟烈烈演他十天，慶祝自己六十。

孟小冬　（內心獨白）可惜他身子也不行了，十天祝壽大戲，他都沒能到前台看，後台搭張長榻、歪靠著，一邊咳一邊喘一邊聽戲。

杜月笙　我杜某人終究是杜某人，英雄帖一發，南北名角都來了，一個都沒缺席。

孟小冬　（內心獨白）梅先生也來了，「探母」，一票難求，但，更難求的是最後一天我的「搜孤救孤」。

這回觀眾不是來看梅先生的女人。

媒體與觀眾

——媒體：這位老先生，您身體行嗎？抱著病還來聽戲？

——觀眾：我是來看余老闆的。

——媒體：您糊塗了吧？今晚上是孟小冬「搜孤救孤」，不是余老闆，余老闆過世多年啦。

——觀眾：我要透過孟小冬把一把余老闆的脈！余老闆晚年生病不登台，但他的境界還在提升，每天琢磨字頭、字腹、字尾、吐字、歸韻，你聽聽、你聽聽，幾張唱片爐火純青？晚年跟在他身邊的只有孟小冬，我想聽余老闆，還不得來看孟小冬嘛？

孟小冬　（看著這些人，內心獨白）黃牛票翻二十倍，一條街一天賣出了二、三十台收音機。

電器行老闆　＊缺貨啦！趕緊進貨，快著點，可別等冬皇「搜孤救孤」唱完再進哪！

孟內心獨白　（內心獨白）據說，我這場演出是京劇史上的神話。

觀眾甲乙丙丁　——我用盤帶錄下來了，只是白虎大堂剛好換盤，缺兩句。

——這兩句我有，我在「娘子不必太烈性」那兒換帶子，漏了「烈性」的「性」。

——我這份有「烈性」沒「娘子」。

——我的缺一鑼。

——我這兒補上了。

孟小冬　（內心獨白）他們湊齊了沒有，我不知道，我只知道，他們是來看余先生的，而我沒砸老師的台。

孟小冬唱　【「搜孤救孤」】

（京劇原詞原腔）

白虎大堂奉了命，

都只為救孤兒捨親生連累了年邁蒼蒼受苦刑、眼見得兩離分。

杜月笙六十大壽，孟小冬登台演出余派名劇《搜孤救孤》，觀眾爭相湧入，一窺余派堂奧：「我要透過孟小冬把一把余老闆的脈！」

我與他人定巧計，
到如今連累他受苦刑。
開言便把公孫兄問，
小弟言來你是聽。
你若是再三地不肯招認，
大人的王法不徇情。
手持皮鞭將你打，
你切莫要胡言攀扯我好人。

孟小冬　（內心獨白）尾聲奏起，我打開我的衣箱——

孟小冬　（對話）這些行頭戲服，跟了我一輩子，這場戲唱完，都用不著了。
（羽扇、褶子、箭衣，一件一件拿出來撫摸回憶）

【第九首新編曲】

孟小冬唱　著此衫、我曾唱出擊鼓罵曹、無限激憤，
著此衫、扮陳宮、唱出了捉曹放曹、悔愧心情。
伍子胥一夜之間急白雙鬢
諸葛亮坐空城、羽扇輕搖、險中弄險、顯才能。

一生情意戲裡盡
今日裡、伯牙摔琴謝知音。
青衫一一贈他人，
只留下一副黑髯偕老終生。
留幾許心事心底存
任幾許往事飄飄如風。
從今後心事只許自己聽
一字一音內裡尋。
人生有限藝無盡，
蒼勁精醇待修行。
看四下蟾光明滅金風緊
聽四下鼓角淒涼若悲鳴。
此生飄然竟如風，
珍重餘年、我與你相依結伴行、相依結伴一路行。

孟小冬 （對話）今天唱得痛快，走吧，咱們一塊兒。

後台管事 別走啊，觀眾還沒散哪，前頭鼓掌鼓了四十分鐘了，等著您謝幕呢！

孟小冬 謝幕？我不去。唱砸了才上台向觀眾賠不是，可我沒砸啊！何況我這兒已經都卸了裝！

後台管事 不就是您本來模樣嗎？

孟小冬 掛上髯口，我是白虎大堂上的程嬰；摘下髯口，我是誰？

杜月笙

小冬，觀眾想見冬皇，余先生過去了，他們不就等著你嘛。這多年沒唱了，往後還不知見得著見不著呢。愛戲的都是朋友，出去跟朋友見個面、道個別吧。

穩著點，別慌，別惱，不管上戲還是下台，都得氣定神閑。

可惜這台戲沒我，要不我陪著你謝幕，你就自在了。

孟小冬

（內心獨白）有他這話，我也就自在了，

我走了出去。

燈太亮，看不見台下，

聽見觀眾的掌聲，

聽見觀眾呼喚著冬皇，冬皇

還有觀眾呼喚著：余先生！

冬皇、余先生！

好多影子在我面前晃動

我看不清。

嘈嘈嚷嚷中

我聽見他在後台的咳嗽聲。

（慢慢走回躺椅上，以臨死前的口吻回看自己）

「心事只許自己聽，一字一音內裡尋。」

「走進暗房的我，不再依附周遭光束，剩下的只有聲音」

那年，我快四十，已經是三十年前的事啦，怎麼彷彿又回到眼前啦？
杜先生走了二十六年了，
我一個人過了二十六年，
夠長囉。

燈好亮，
人影搖動，
好多影子在我面前晃動，
我看不清。
眼前是點滴吊架？還是戲台上的刀槍兵刃？
我聽見眾人的哭泣聲，
我聽見我的喘氣。
喘息聲越來越微弱，
燈，終於滅了。
走進暗房的我，
不再依附周遭光束，
剩下的只有聲音，
純粹的聲音，
迴盪、流傳，

我聽見了我的聲音：（從躺椅上起身唱）

金井鎖梧桐，長嘆空隨一陣風！

【劇終】

（本劇不是寫實傳記，為了敘事線索的鋪排，某些事件的發生時間稍做了些許挪移，演唱戲碼也未必完全按照真實。）

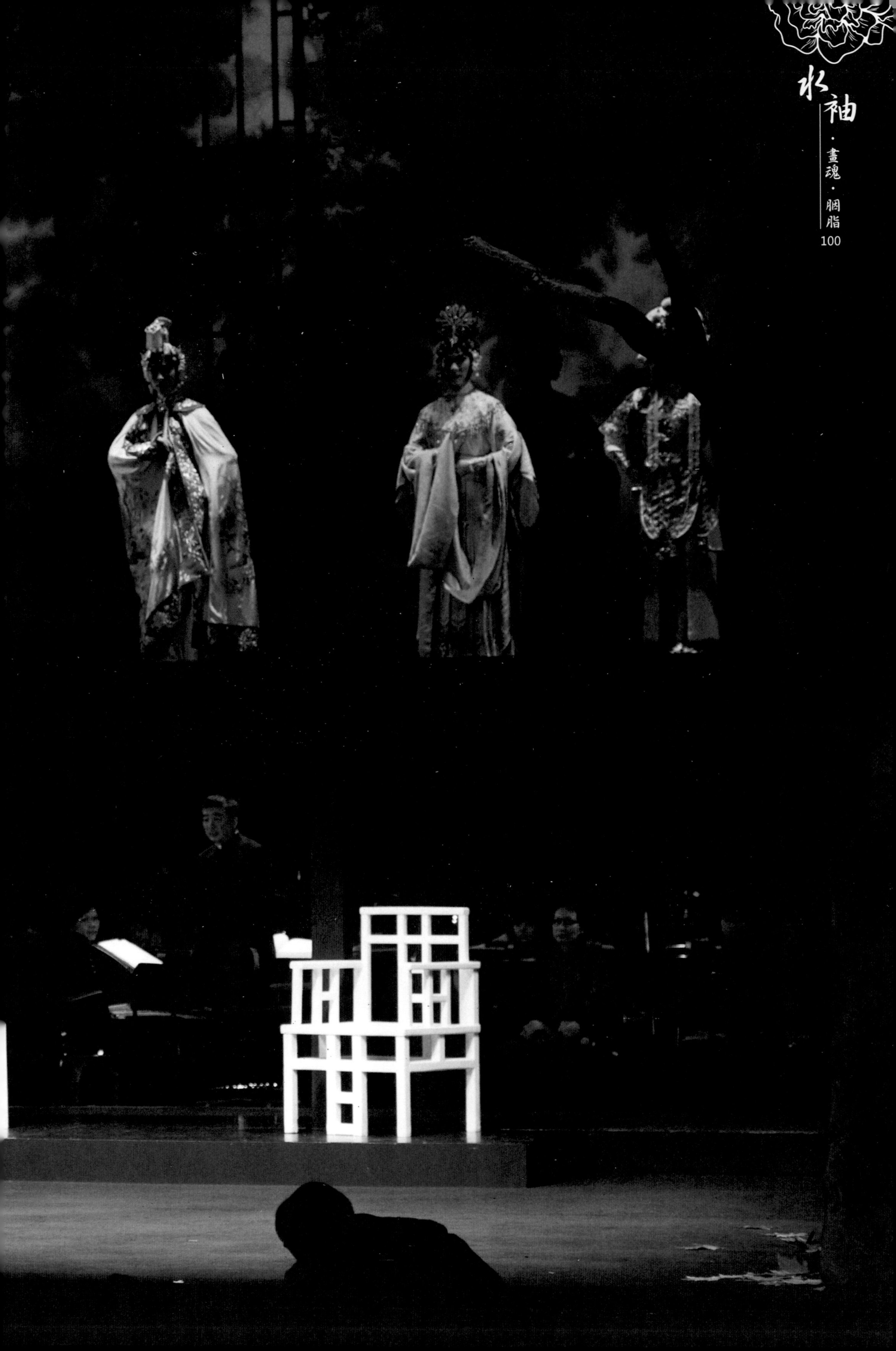

❙孟小冬謝幕

伶人第二部曲

《百年戲樓》

周慧玲、趙雪君、王安祈

台上台下，戲裡戲外，
百年來，京劇伶人說不盡的心事
第一幕　清末民初北京，京劇男旦當紅
第二幕　民國以後，海派與京朝派打對台
第三幕　文革前後
戲，一直演下去

第一幕：清末民初北京

【開場，戲班子氛圍，胡琴聲、有人在吊嗓，有人在練功】

伶　人　（此起彼落）是今天嗎？是今天嗎？是今天嗎？

黃管事　正月十五，是今兒個沒錯。說是中午的火車，算算時辰，也該到了。

伶人甲　（正在吊嗓，練唱京劇《武家坡》，薛平貴離家十八年後獨自歸來的幕後倒板）一馬離了西涼界——

【白鳳樓來了，跟著胡琴聲，邊走邊唱的來了。】

白鳳樓　（接著唱《武家坡》的第二句）

不由人一陣陣淚灑胸懷。

青是山綠是水花花世界，

薛平貴好一似孤雁歸來。

【管事聽見聲音迎了出來，全體伶人也都注視著這位正走進來的新班主】

黃管事　好嗓子、好氣派，咱們「鳴鳳班」從今往後，在新班主帶領下，肯定是朝陽鳴鳳，不同凡響！（對全體伶人）見過新班主白鳳樓白老闆。

全　體　白老闆。

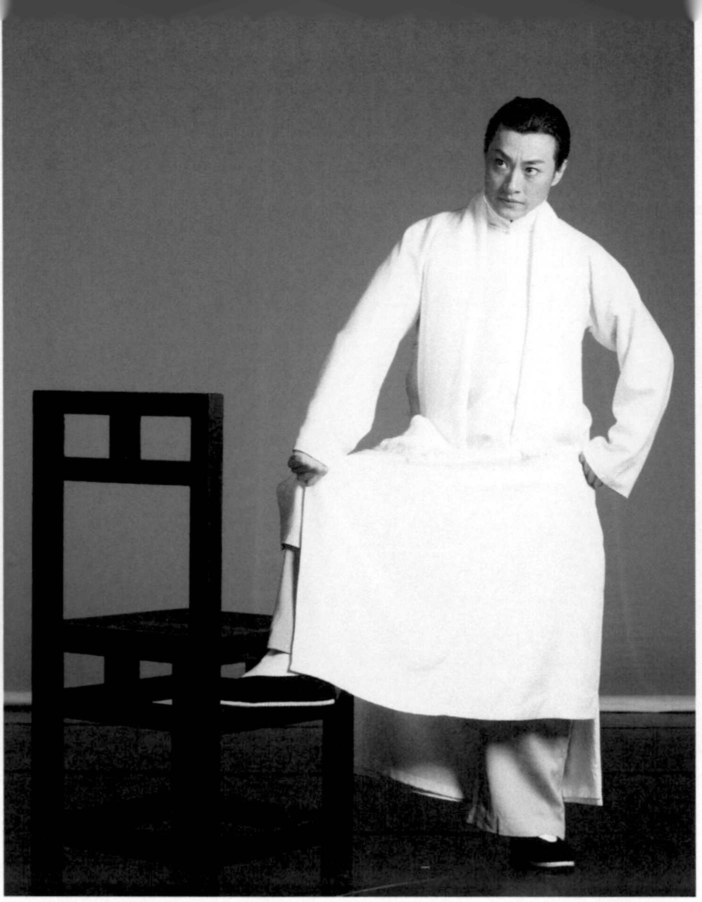

白鳳樓 往後咱們就是一家人了，不必多禮。該練功的練功、該吊嗓的吊嗓，別耽擱了。

全　體 是！

黃管事 （捧茶）新採的春茶，您嚐嚐。

白鳳樓 擱下。（四下看看）這勾欄舊了，出將入相、台簾地毯，都該換新。（對管事）記下了嗎？

黃管事 記下了。

白鳳樓 （自問）這該有多少年了……

黃管事 前清光緒二十八年，您——（被打斷，白鳳樓不想提起往事）

白鳳樓 管事的，清冊報上。

黃管事 是。「大衣箱」：蟒袍官衣、開敞斗蓬、男帔女帔、褶子十六，正紅、正黃、藏青、水藍、粉紅、淺灰、全黑、全白，男女各一。「二衣箱」：大靠軟靠、箭衣馬褂、抱衣抱褲、絲子大帶。「三衣箱代管靴包箱」：坎肩腰包，水衣胖襖，厚底薄底福字履各二十四雙，踩鞋三十，蹺八付。盔頭箱、旗包箱，刀槍靶子、守舊台幔，前台桌椅、後台妝鏡，一併在此，清冊呈上。

白鳳樓 這戲樓，改建過嗎？

小雲仙幼學「乾旦」，以男身演盡女子風情（盛鑑飾演）；後來改名華雲，改唱「生」，回復男兒本色。

黃管事　樓上四角隔出單間，四間各有堂號，頭牌生行所住「麒麟閣」、「黃金台」，旦角住的是「梅龍鎮」、「牡丹亭」。其餘數十人齊住中庭大堂，名為「分金廳」。

【白鳳樓站上戲台，沉思】

白鳳樓　聽報上說，老班主是在戲台上過去的。

黃管事　就在您腳下這處。

白鳳樓　老班主一輩子爭強好勝，台上要掙頭彩，台下要搶風采，誰料得到，到頭來活著竟不如死了的精彩。（一頓）報上可是寫的轟轟烈烈、熱熱鬧鬧的。（嘆一口氣）《盜仙草》班裡由誰傳了下來？

黃管事　《盜仙草》都是讓小雲仙唱的，只是老班主的絕活……

白鳳樓　小雲仙沒能學下來嗎？

黃管事　（不知該怎麼說）也不是這麼回事……

白鳳樓　一生的心血啊。白素貞仙山盜草，一般人不踩蹺，卸下劍鞘、倒翻三張桌子便了不起了。他老人家不是，踩蹺不卸劍、上四張桌子走「旱水」，單手撐起身子平躺，做到這份上才肯摘下仙草。鶴童隨即也上桌，一腳踢過去、白蛇從四

黃管事 張桌子上下腰倒翻。

白鳳樓 唉，沒想到，最後一回演《盜仙草》，四張桌子十六條腿，有一條腿笋頭鬆動，些微微的搖了一下……那鶴童說老班主上了桌便發現重心不穩，但台下那麼多雙眼睛瞅著他，他也只得牙關一咬……「掛龍」……摔斷脊椎骨，當場就……唉。

黃管事 老班主……（複雜的情緒）師父啊……

白鳳樓 您節哀啊。

值了，這也值了。幹咱們這一行的，一條命就交給了台上，能死在這兒，不也算得是馬革裹屍嗎。

黃管事 老班主過去後，報上刊了消息，戲班上座竟更熱鬧，許多人指名要看嚴四鳳傳下的《盜仙草》。一見白素貞沒踩蹺，嘩…滿場的觀眾都散了，倒顯得有些淒涼。

白鳳樓 怎麼說《盜仙草》都是鳴鳳班的拿手戲，這戲不能丟。小雲仙在哪兒？

黃管事 出堂會去了。等他回來我讓他來見您。

【伶人們在一旁插話交談】

伶人甲 （在一旁插話交談）小雲仙的《盜仙草》不是跟老班主學的。

伶人乙 老班主從前倒是有意思要教他，就不知道小雲仙拗個什麼勁。

伶人丙 簡直是跟老班主對著幹，……

伶人丁 說不學就不學，摔門碰杯子的。

伶人甲 虧得老班主脾氣收斂多了，忍得下這口氣，才沒把小雲仙給轟出去。

伶人乙 現下老班主過去了，

伶人丙 小雲仙就算想學、也沒處學了。

黃管事　（對這幾位）多口，誰讓你們多話了。

伶人甲乙　（咕噥）就你能說。

白鳳樓　一趟功沒練完停下來說長道短的，有這規矩嗎？戲台如戰場，「進退俱要聽令號，違令難免吃一刀」。幹咱們這行的，紀律第一，台前台後，（拉起架勢，以京劇韻白唸）眾三軍！

眾伶人　（京劇韻白）有！

白鳳樓　（京劇韻白）聽爺一令哪！

眾伶人　（京劇韻白）啊！

白鳳樓　【以傳統京劇《定軍山》黃忠整軍的唱，指示伶人們重視紀律】

這一封書信來得巧，助我黃忠成功勞。

站立在營門三軍叫，大小兒郎聽根苗：

頭通鼓，戰飯造；二通鼓，緊戰袍；

三通鼓，刀出鞘；四通鼓，把兵交。

上前個個有賞犒，退後難免吃一刀。

三軍與爺歸營號！

眾伶人　（京劇韻白）啊！

白鳳樓　（唱）到明天午時三刻我要成功勞。

黃管事　好！都說《搜孤救孤》是您白老闆的拿手戲，這一段《定軍山》西皮流水，可也是鏗鏘有力、爽快俐落。

白鳳樓 我唱的是我們這行的心聲，戲台如戰場啊。生旦淨丑、四樑四柱，頂尖的有幾位？會戲有多少？

黃管事 鳴鳳班四樑四柱、行當齊全，能壓台的各行當都有五、六個之多，拿手戲：起解會審、三娘教子、秦瓊賣馬、樊城昭關、羅成叫關。

【全體伶人以接力方式配合身段唸出一連串劇名】

伶人 捉曹放曹擊鼓罵曹華容擋曹

伶人 失街亭空城計斬馬謖鐵籠山

伶人 花園贈金彩樓配三擊掌別窯探窯

伶人 跑坡算糧銀空山迴龍閣大登殿

伶人 金沙灘雙龍會托兆碰碑探母回令

伶人 五台山八本雁門關三星歸位洪羊洞

伶人 槍挑穆天王轅門斬子准帶大破天門陣

黃管事 還有，雙蛇鬥盜庫銀盜仙草水漫金山寺，青白蛇武旦雙打出手，這些可都是掙錢又賣命的戲！

白鳳樓 誰唱當家的？

黃管事 小雲仙。

演員丙 （向後一望）小雲仙回來了。

【小雲仙上，捧著盒子，不太開心】

黃管事　怎麼？怎麼回來了？太陽還沒下山呢。

小雲仙　唱完、打了賞，就讓我們回來了。

黃管事　奇了，這可奇了，今晚沒飯局嗎？（小雲仙不語）有飯局還不叫陪？

小雲仙　指點了幾處落音吐字，叫我回來練。

白鳳樓　叫你回來練？這位局長倒是真心聽戲的。

黃管事　這就是小雲仙，花旦兼刀馬。（對小雲仙介紹新班主）新班主白鳳樓白老闆。

小雲仙　小雲仙給您請安了。

白鳳樓　賞下什麼？

小雲仙　賞下……（說不出口）說出來給您丟人了。

白鳳樓　（示意）。

黃管事　（拿過小雲仙捧回的盒子，打開，驚愕）同仁堂川貝枇杷膏。

白鳳樓　這意思你知道？

小雲仙　嗯。

白鳳樓　自個兒嗓子不夠潤，往後多用心、多下苦工。

小雲仙　誒。

黃管事　（又取出盒子裡另一件賞賜）沉水香一束。

白鳳樓　這又是什麼意思？

小雲仙　局長說了，要我回來給老班主上幾炷香，說鳴鳳班絕活沒傳下，班子就該報散了。

白鳳樓　這麼說，今兒個唱的是《盜仙草》？

小雲仙　是《盜仙草》。

白鳳樓　還知道丟人？往後，再讓班裡丟人，可不只說你兩句了。管事的，焚香備酒，祭奠老班主。

【周遭燈光略暗，只有白鳳樓一帶較亮】

白鳳樓　（捻香）師父，徒兒回來了，回來給您上香了。這些年，您……

【白鳳樓身後，略暗的燈光中，呈現戲班幾個面向】

◎有的在下腰，有的在拿頂，有的在耗蹺，有的在吊嗓（全是男演員）

◎有位師傅正在監督學生練功：

「想吃飽飯還是挨餓？咱們這行，要吃飽飯就得耗，一炷香耗完、接著再耗一炷香。若要人前顯貴、必須背後受罪。」

◎有位師傅正在教學生「笑」：

「笑，可不能只嘴皮子笑，皮笑、肉笑，還得中氣足、底氣厚，氣沉丹田，運足了，兜底往上衝，嘴型跟著變，字頭、字腹、字尾，到喉嚨才轉Y。（示範）呵呵哈哈。唱戲，連笑都不會，（打一下）今天不練別的，專練笑，笑，再笑，不對，你怎麼連笑都不會笑？你哭什麼哭？笑！」

白鳳樓　（一邊上香一邊唱）【傳統戲《搜孤救孤》程嬰祭奠公孫杵臼的唱】
一樣杯酒尋常飲，敘敘當年故舊情。
（上香祭奠師傅完畢）
白鳳樓　管事的，樓上「梅龍鎮」改為「雅觀樓」，樓下「分金廳」改為「聚義廳」。
黃管事　是，我這就去辦。
（管事對伶人說）
黃管事　「梅龍鎮」改「雅觀樓」。
伶　人　改了。
黃管事　「分金廳」改「聚義廳」。
伶　人　改了。
黃管事　勾欄守舊。
伶　人　改了。
黃管事　台簾地毯。
伶　人　改了。都改好了。
黃管事　都改成新的了。

【燈光轉換　時間流逝】

【小雲仙練功，白鳳樓上。在一旁觀看，直到告一個段落，小雲仙才發現白鳳樓】

小雲仙 班主，您來了。

白鳳樓 聽說你不肯學《盜仙草》？

小雲仙 （一點倔強）《盜仙草》也不只一種演法。

白鳳樓 這些日子，我見你蹺功不差，身子俐落，武功底子又紮實，老班主的絕活要學下來，不是問題。

小雲仙 （閃躲不想正面回答）老班主不肯教，我還能押著他教我嗎。

白鳳樓 那日出堂會，讓人給刮了臉面，滋味好受啊？

小雲仙 （衝動）誰說得準，我的《盜仙草》將來就比不得老班主？

白鳳樓 （一愣）你這孩子，要是老班主聽見你這番欺師滅祖的混帳話，準賞你幾個耳光子。

小雲仙 （收斂）老班主走的匆忙，《盜仙草》我看了不下數十回，班裡也沒人瞧得出竅門，您現下說這些又有什麼意思。

白鳳樓 （微笑，暫不透露他也會《盜仙草》，想看看小雲仙是不是可造之才）我見你扮相柔媚，這自是討喜，只是這身段舉止卻是圓轉過頭了。

小雲仙 請班主指教。

白鳳樓 男演女，不能一個勁兒往柔媚處走，再柔、柔得過女子嗎？再媚、也媚不過姑娘。演的是女子，還得展現女人做不到的男兒本色。嗓子要寬厚，氣沉丹田，以渾厚之氣、運轉嬌柔之音，否則就單薄了。來，走幾個身段我看看。

【小雲仙鷂子翻身，走得非常軟】

白鳳樓　少了點「內裡的勁兒」。外行人不懂，以為圓轉就是美，其實身段講究的是外圓內方。就和唱一樣，要有骨頭。這旦角也得練生行的身上，把筋骨力道精氣神先練出來，舉手投足才不虛飄。

【倆人一起練武生，然後再練旦行雲手】

小雲仙　您的身段真是那麼回事。（因為不小心說出別人背後議論白鳳樓的八卦，不好意思）呃，他們都說您從前練過旦行。

白鳳樓　是啊，小時候唱旦，後來覺得大嗓比小嗓好，就改了老生。

小雲仙　（驚訝）轉行當就這麼容易？

白鳳樓　容易？容易你試試。（幽幽）死過一次，重活過來的滋味，連說都不容易。（溫和的）他們還說了什麼？

小雲仙　還說……還說您是半夜裡逃出鳴鳳班的。您為什麼——

白鳳樓　夜深了，歇著吧。

小雲仙　我再練一回。

【白鳳樓邊唱邊下，只留小雲仙在台上練功】

白鳳樓　（唱）一輪明月照窗前，愁人心中似箭穿。（暫下）

【時間流逝，小雲仙始終在台上練功】

【另外上來一組《搜孤救孤》的兩位伶人甲乙】

伶人甲　（唱）邁步兒來在法場中，只見孤兒與公孫兄。

（白）公孫兄、趙公子，你二人死在九泉，休怨我程嬰……

（唱）躬身下拜禮恭敬，眼望孤兒淚淋淋。

法場上看的人都來叫罵，

一個個罵的是我程嬰是一個無義的人。

【白鳳樓上，不太高興】

白鳳樓　我正要找你倆個。《搜孤救孤》白虎大堂拷打公孫一場，誰讓你們這麼演的？

伶人甲　（與伶人乙面面相覷）向來都這麼演的啊。

伶人乙　不知班主說的是……？

白鳳樓　懂戲嗎？程嬰與公孫杵臼一捨性命、一捨親生，同心搭救忠良之後，是我們京劇的典範，也是道德的典範，一定要演得恰如其分。

伶人甲　咱們演的過火了嗎？

伶人乙　觀眾反應挺好啊。

白鳳樓　敢回嘴？說的就是你！一台戲只有一個主角，《搜孤救孤》打從譚老闆之後，就是程嬰的戲，你的公孫杵臼攪的什麼戲？搶背摔得滿場亂滾，髯口抖得花枝亂顫，程嬰的戲都讓你搶光了，這叫《搜孤救孤》嗎？該改名叫「公孫捨命」！往後我鳴鳳班不許這麼糟蹋戲！

【原來在一邊練功的小雲仙忍不住插嘴】

小雲仙　公孫杵臼這麼演，戲並沒有不好啊。（白鳳樓沒說話，間接鼓勵小雲仙發表意見）您說的對，這《搜孤救孤》主角是程嬰，可是公孫杵臼多走幾個「搶背」、「屁股坐子」，不是更可表現疼痛，也更顯得他倆救孤的決心不是？這麼一來，不只是台上演得酣快淋漓，台下觀眾看得更是熱血沸騰。誰又會因為這些身段，就說程嬰不是主角？

白鳳樓　排老生戲有你的事嗎？

小雲仙　（低聲）我是為了戲好……

白鳳樓　祖宗傳下來的照著演就是了。你當祖宗的東西容易嗎？一齣《盜仙草》都學不下來，還敢說大話？要改，得等把老祖宗的東西全吃透了，熟了、爛了，有本事再說改。去，去祖師爺案子面前跪著，好好反省反省。

伶人甲　那我們呢？

白鳳樓　跪著！

伶人乙　（對甲）你幹嘛問呀！

【白鳳樓不高興，下】

伶人乙　好大的火氣。

伶人甲　班主要知道你背著他糾集大夥兒排「新白蛇」，就算你是他最看重的一個，也不知會怎麼發落你。

小雲仙　我就是不明白，祖宗的東西不也是改他祖宗的東西嗎？為什麼我們改不得？

伶人甲　班主沒攔著你改，我聽這話裡的意思是，只要你把老班主的《盜仙草》絕活學了下來，事情就有個商量。

伶人乙　這不廢話嗎。老班主都過去了，讓他上哪學啊？什麼「遊湖借傘、雨中相遇」的，算了，

小雲仙 別排了吧。
（賭氣）我學！《盜仙草》好歹我也看了不下數十回，老班主他摸得著竅門，難道我小雲仙就摸不著嗎？一日不成，我就磨過一日。

【小雲仙開始練起老班主《盜仙草》。伶人甲、乙下】

【又過了一段時間】

【白鳳樓上，小雲仙因為屢次抓不到竅門，生氣摔雲帚】

白鳳樓 氣什麼？這樣就生氣，往後想吃戲飯還是氣飯哪。

小雲仙 我沒見著班主您……

白鳳樓 沒人的時候，練功就可如此心焦火燥嗎。看仔細了，我只做一回。

【拾起雲帚，出乎小雲仙意料的，白鳳樓做了一次《盜仙草》的竅門給他看】

白鳳樓 腰上使勁，這樣不就順過去了嗎。

小雲仙 原來竅門在這裡！（驚訝）班主，您？這老班主一手絕活的竅門，您怎麼……？

白鳳樓 學了這一手，該改口了吧。

小雲仙 師父。（跪下來磕頭）

白鳳樓 這招，你倒是學的容易啊。想當初，我是磨了老班主多少回，費盡心思的巴結他、奉承他，我受的委屈……唉，不提也罷。

小雲仙　師父，我——（被打斷）

白鳳樓　不說這個，我知道你的心思。（誠懇教誨）你的資質好，練功又勤快，怎麼老想著些旁門左道呢。你還年輕，難道就要把氣力耗費在排那些演一次就掛起來的新戲嗎？聽師父的話，在戲台上什麼都不可靠，只有你自個兒身上的功最可靠。

小雲仙　（想頂嘴，但又想到剛剛得到好處）謝師父教誨。

白鳳樓　（拿出一雙蹺鞋）這雙蹺鞋拿去吧。

小雲仙　又是龍又是鳳，哪來的繡工活兒，這麼好？

白鳳樓　京城最好的繡工師父，金絲掐紅，蟠龍繞鳳，要了兩個繡女，三天繡工才拿下來。特地為你做的。

小雲仙　師父，徒兒絕活還沒學會，哪裡配得！

白鳳樓　你身形本就高挑，踩上了蹺更顯的窈窕婀娜，一走花梆子雲步，那是雲隨風動，一派輕鬆；若踩的是《活捉三郎》的鬼步，便是陰森幽豔，極見功夫，非得把觀眾嚇得夜裡睡不著覺啦。要想襯出那金絲掐紅的蹺面，頂好用墨黑色的蹺套。唱《烏龍院》閻惜姣一襲湖綠裙襖，一點金絲花瓣裙下相映，肯定風情旖旎。

【台上出現一位踩蹺的旦角，配合著身段。她是虛擬角色】

小雲仙　我倒覺得，這蹺鞋跟《拾玉鐲》孫玉姣特搭。

白鳳樓　怎麼說？

小雲仙 您瞧，一個十五六七、一身粉嫩的小姑娘，踩著這白底金絲的鞋面，不是更透著機靈秀氣？

白鳳樓 孫玉姣是個小姑娘，這鞋樣，太招搖了。（走近小雲仙）合適嗎？

小雲仙 師父您怎麼知道我的尺寸？

白鳳樓 是角兒的就沒有大腳，生也好、旦也罷，這腳打小就得壓著、收著，否則上了臺一雙大腳能看嗎。咱們啊，別說這一身的功都為了台上，就連這雙腳也得活在台上。（頓）好好練練，下回局長的堂會，穿上它，給鳴鳳班露露臉、爭口氣。

【白鳳樓下，小雲仙看著蹺鞋，有點挫折】

【師娘上】

師　娘 傻孩子，怎麼師父認可了你，反倒悶悶不樂的。

小雲仙 師娘。

師傅白鳳樓（唐文華）贈蹺給小雲仙，虛擬的踩蹺女子由蔣孟純飾演。這副「金絲招紅，蟠龍繞鳳」的蹺鞋，貫串全劇。

師娘　別辜負你師父對你的期望了。

小雲仙　師娘，現下台上演的白蛇故事不是《盜仙草》、《盜庫銀》就是《水漫金山》，都是武戲，可白素貞與許仙動人的地方怎麼會在打出手呢？明明還有許多感人的情緒可以好好表現，像是遊湖初遇啦、斷橋重逢啦，我就不明白，為什麼要一天到晚老演那幾齣賣弄技藝的雜耍老段子呢？

師娘　你還年輕，往後就明白了。你師父是怕你誤入歧途，用錯精神，糟蹋了這一身的資質。

小雲仙　我就是年輕才敢動祖宗的東西。師娘，我不想成天只守著戲臺上這塊守舊，唱起戲來好像祖宗還魂似的——（被打斷）

師娘　小點聲，別讓你師父聽見了。他會傷心的。

小雲仙　師父待我好，我知道，他打我、罵我都是為我好。可師娘，我真怕有一天我要讓師父傷心……

【師娘、小雲仙下，台上只留下虛擬角色的踩蹺女子，走著蹺步，燈光漸暗，照在台正中那副金絲掐紅蟠龍繞鳳的蹺鞋上。】

【燈光再亮，踩蹺女子和蹺鞋都不見了。白鳳樓上。】

白鳳樓　小雲仙呢？

師娘　出堂會去了。

白鳳樓　誰家？

師娘　枇杷膏局長。

白鳳樓　戲碼？

《盜仙草》。

師　娘　（信心滿滿）嗯，今兒個該是唱的不錯，這時候還沒回來，看來局長留他下來陪宴。這局長倒是位行家，小雲仙苦練了這一陣子的《盜仙草》，正好讓他鑑定鑑定。

白鳳樓　【管事飛奔上】

黃管事　班主、班主，事情不好了。小雲仙他……（喘氣）局長稱讚小雲仙唱的好，摟著他要喝交杯酒，他就受不住、當場掀桌子——

白鳳樓　砸了！

【以下是白鳳樓對著局長說的話，不上局長，只由白鳳樓獨白演出】

白鳳樓　（陪笑）您老人家大人有大量，跟個毛孩子計較……還不就是一條不長眼睛的狗嗎，都是我沒管好，隨便放他出來咬人……往後只要是您的事兒，就是我白鳳樓的事，一句話，任您差遣……這戲班子是不值錢，可倒還有幾條賤命，您老當作個玩意兒消遣消遣就是了……（有點緊張）這可使不得，七八十張嘴要吃飯哪……局長，小雲仙這個狗雜種，求您高抬貴手了……（下跪，繼續陪笑）不、不、您可別……

【白鳳樓站了起來，鳴鳳班眾伶人抬著戲箱被趕了出去。小雲仙撐著傘攙著白鳳樓，白鳳樓哼起《擊鼓罵曹》，收拾一地散落的自尊】

（唱《擊鼓罵曹》）

平生志氣運未通

似蛟龍困在淺水中

（小雲仙：咱戲子的命是活在台上的，那台下的我，又是活在哪兒啊？）

有朝一日春雷動

（小雲仙：台下的不圓滿，都得在戲裡求，可戲裡求來的，就真是我的嗎？）

得會風雲上九重

小雲仙　師父，對不住，都是我害您對那個狗局長低聲下氣的……

白鳳樓　鳴鳳班……真讓他們給趕到外地了！

小雲仙　我對不起您。

白鳳樓　不說這個了。可有什麼地方傷著了？

小雲仙　不妨事，都是些皮肉傷。

白鳳樓　臉沒讓刮花吧？

小雲仙　（衝動）刮花了又怎麼樣？我們唱旦行的，難不成還靠色相吃飯？（想哭）師父，我唱的是男旦，不是堂子呀。師父，您教教我，為什麼他們都要這樣待我們？甭說他們欺負咱們，就連咱們自己也欺負自己人，老班主他……師父，您知道為什麼我不肯學他的《盜仙草》嗎？他說、他說——（說不出口）

白鳳樓　（苦澀的）他說要教我怎麼做女人……

小雲仙　（驚）師父，您！

白鳳樓　你當我這《盜仙草》的絕活偷來的嗎？幹我們這行的，就是一個字：忍。什麼都得忍。戲子的命是交到台上的，台下種種，什麼骯髒齷齪的，你想他幹什麼？咱們是活在台上的，只有台上的日子，才是咱們的日子。上了台，是西施就得端莊典雅，是貴妃就得雍容華貴……你看台下，那麼多人如癡如醉的看著你，在這兒，才叫活著。

小雲仙　（開始冷卻情緒，感覺悲哀）您忍下來了嗎。您讓我忍，您呢？

白鳳樓　我……

小雲仙　您不顧一切、就算是死過一回也不再唱男旦，您卻讓我忍？

白鳳樓　你的資質比我好、比我更適合唱旦角，我怎麼捨得見你糟蹋天分——（被打斷）

小雲仙　我就是死，也絕不肯忍！

【燈暗，台上只有白鳳樓小雲仙兩人，分處兩個時空，各自獨白，卻都仍在練功。】

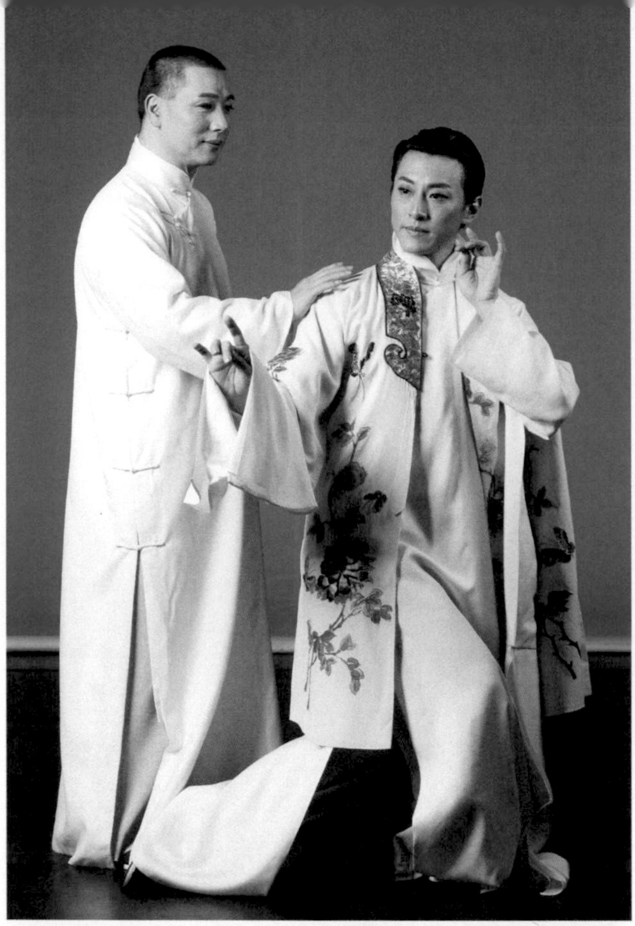

原來，師徒二人走的是同一條路，師傅白鳳樓（唐文華飾）幼年也是男旦，後來深夜逃走，離開戲班，離開師傅嚴四鳳，改行唱生。成為著名老生後，才重新買下戲班，成為班主。

白鳳樓的師傅嚴四鳳並未登場，全劇開場時他已去世。而台上正中垂掛的，似京劇衣帽又似供台之物，自有指涉。

白鳳樓　他走了！走了多久？
一更天？
二更天？
一年？
十年了？
更久了吧！他真走了。
我還在這戲樓裡，紅毯上，
三五步、走南闖北，
六七人、百萬雄兵，
鑼鼓聲響，出台亮相，
曲終人散　獨伴明月。

小雲仙　走啊！又過了多久？十年……更久吧！
南邊的戲樓不同於北方，
但，明月依舊在，
伴我拿頂、下腰、耗腿、吊嗓。
改了行當，死過一回，

二人同　越發要守著明月，等待旭日東昇。

小雲仙　燈還亮著嗎？

白鳳樓　燈還亮著呢！

小雲仙

白鳳樓　照亮舞台的不是燈光，是明月下練就的一身本事。
小雲仙　燈光下的角兒，終夜伴著明月，
二人同　燈明燈滅，潮來潮往，日落月升，（京劇韻白）走哇！
小雲仙　走了，就走了吧。
白鳳樓　世事如流水，人情皆是戲，
悲歡離合，真真假假，
誰為袖手旁觀客？我非逢場作戲人。
小雲仙　方寸地、頓成千里，
轉瞬間、過眼千秋。

【二人分從兩邊下】

第二幕（一九三〇年代上海）

【二十年後，小雲仙改藝名華雲，改唱老生，買下海派班子「蔚雲班」】

【第二幕一開始，演一段京朝派和海派打對台的《白蛇傳、水漫金山》】。

第二幕已是20年後，改行生角的小雲仙改名華雲（仍由盛鑑飾），在上海買下蔚雲班，當起華老闆。藉著海派開放的風氣，推動起他心目中真正的創新。

【京朝派的青、白蛇先上，唱傳統戲《白蛇傳、水漫金山》】

恁道是佛力無邊任逍遙，
俺也能飛渡重霄。
只因這兩般兒佛力無窮妙，
只看俺怯身軀也不差分毫，
恁是個出家人為什麼鐵心腸？
生喳喳的拆散了俺鳳友鸞交。
哎活潑潑的好男兒永固監牢。
把那佛道兒來絮叨，
我不受虛喳喳的煩惱。

【接著海派眾水族上也演《白蛇傳、水漫金山》】

【這個海派班子以武生演青蛇，男青蛇，異常勇猛】、

【京朝派和海派各有「打出手」，導演可進而安排交互打出手，顯示京朝派和海派打對台】

【一場激戰，眾人亮相。海派更受觀眾歡迎】

【管事陪著華雲上】

陳管事　各位辛苦……華雲華老闆。

華　雲　大家辛苦啦。

陳管事　華老闆，《水漫金山》打對台的這幾位，都是咱們蔚雲班的台柱。（對伶人介紹華雲）華

眾　人　雲華老闆，滬界名老生，各位就算沒見過也該聽過。

陳管事　華老闆。（低聲對男青蛇說）去把布景師給叫來。（滿得意的）華老闆，今天這台戲，還得請您指教指教。

華　雲　今兒個打對台，大勝京朝派，我知道大夥兒都相當的得意。但是，難道說海派所謂的創新就在這些機關布景上頭？

【布景師剛上就聽到這話】

布景師　我失業了嗎？

陳管事　這……

華　雲　雖然，我不認為改革創新就在機關布景，並不是說我排斥這些東西。

陳管事　（對布景師）明兒個繼續來上班吧。

華　雲　蔚雲班要排一齣新戲，一齣真正創新的全本白蛇傳。時下常演的大抵是《盜仙草》、《盜庫銀》與《水漫金山》這幾個武打的折子，從沒有人演全本白蛇傳。這是我多年前便想辦下來的事，下個月上海幾個班子舉辦連台大匯演，拼台，咱蔚雲班就拿這新白蛇傳出去，給大夥兒露露臉、掙個風采。

陳管事　好，明天咱們就排戲《新白蛇傳》。

【大家有點搞不清楚】

男青蛇　新班主靠不靠得住啊。頭一天就這麼說話。

女青蛇　聽說是北京來的。

白　蛇　是嗎？

男青蛇　北京來的，難怪，開頭訓話就對機關布景開炮。

女青蛇　排新戲有什麼希罕？那可是咱們的拿手。

白　蛇　別說一晚上的戲了，連台本戲、時裝新戲，哪一樣不是手到擒來。

女青蛇　文武崑亂不擋，小曲時代曲照樣來，對吧？

白　蛇　我瞧他挺有想法的、、

陳管事　少說閒話，走了走了，該幹嘛幹嘛去。

【眾人下】

【華雲扮戲，時間是一個月以後】

【師娘上，老了二十歲。華雲從鏡中看見師娘，一愣】

師　娘　雲娃兒，認不得師娘了嗎？

華　雲　師娘！您怎麼來了……什麼時候來上海的？

師　娘　來了好些年了。

華　雲　……（疑問）鳴鳳班沒事啊？頭些年來上海的時候我問過幾個北方下來的，都說鳴鳳班還唱著呢，您怎麼……師父他老人家還好嗎？

師　娘　你知道，你師父身子原就不好，後來染上了病、越發支持不住，班裡生意又一日差過一日，眼見得不行了，想學人家改戲，當中的分寸老拿不住，什麼該改、什麼不該改，觀眾

▎京朝派和海派大打對台，同樣推出《白蛇傳、水漫金山》。

總是不買帳，你師父氣急了，索性把班子讓了出去，收拾收拾回上海來了。（苦笑）這些年在上海，耐不住寂寞、把祖業抵押了又頂了個班，這可好，原先養好的身子又傷了，沒多少日子，只得放手。

華雲　（猶豫）師父……他還惱著我嗎？

師娘　當著面你師父是再不肯提起你了，可只要有外地來的，他便背地裡悄悄打聽有誰聽過小雲仙的，都說沒聽過這號人物。後來他身子不好，漸漸的也不大看戲，除了《搜孤救孤》，那是他的拿手戲，不論誰演，他都要看看演的如何。沒想到，在《盜仙草》裡找不到小雲仙，卻在《搜孤救孤》撞見了華雲。（頓）別人都當你是怕連累班裡、這才半夜出逃，師娘知道，你是賭著一口氣（想勸華雲回去看白鳳樓）二十年了，你年歲也大了，挑個班不容易，你師父的苦衷，也該曉得……唉，凡事都該忍著些。

華雲　您還不明白我嗎？我忍不了，咱們唱戲的本分，該忍的，我哪一件沒忍——（被打斷）

師娘　你當師娘什麼都不知道嗎。你受得的委屈他受了，就連你受不得的、他也受了。雲娃兒，嚴四鳳欺負他，可他待你卻半點不欺心啊，你什麼都帶走了，單留下

《百年戲樓》藉著打對台劇情，充分發揮京劇武功，飾演白蛇的武旦踢槍打出手。

他送你的那雙繡鞋，可真是……傷人哪。連著好幾日，我見他一個人坐在空空蕩蕩的房裡，盯著你留在桌上的那雙繡鞋……我可沒見過他這個樣子……（突然驚覺自己說太多了）瞧我說到哪兒去了，我沒想說這些的，可別攪了你上戲。師娘是聽說你頂了個班，這回十天的聯演要拿全本白蛇傳打對台，想起從前你老是嚷著要排新戲的事，就過來看看了。

華雲　師父來了嗎？

師娘　（外面傳來準備開戲的鑼鼓聲）別再說啦，要開戲了。（準備要下）

華雲　師娘！

【師娘下】

【蔚雲班白蛇傳演出，白蛇、青蛇、許仙上】

許仙　（內白）喂，船家，將船擺過來！

船夫　（內白）來了…

（唱）

槳兒划破白萍堆，

送客孤山見落梅。

船夫　【小青扶白素貞同上船，許仙上船。】
（白）二位小娘子，船板忒滑小心了。
湖邊取得一壺酒，
風雨湖心醉一回。
許仙　（白）開船！
船夫　是。
【四人做身段】
白鳳樓、華雲　（同唱）最愛西湖二月天，
斜風細雨送遊船。
十世修來同船渡，
船夫　（唱）百世修得共枕眠。共枕眠，共枕眠。
（白）靠攏些啊！
許仙　這雨，住了！
（唱）一霎時湖上天清雲淡，柳葉飛珠上布衫。
青蛇　小姐，雨過天晴，這西湖又是一番風景啊！
白蛇　是啊！
（唱）雨過天晴湖山如洗，春風習習透羅衣。
許仙　（唱）真乃西湖比西子，淡妝濃抹總相宜。
白蛇　（唱）問郎君家在哪裡？改日登門叩謝伊。

青蛇　（白）君子，您住哪啊？我們小姐改日還要登門道謝呀。
許仙　（白）哎呀，不敢當！
　　　（唱）寒家住在清波門外，錢塘祠畔小橋西，
　　　　　些小之事何足介意，怎敢勞玉趾訪寒微
白蛇　（唱）這君子老誠令人喜，有答無問只把頭低。

【華雲扮戲】

陳管事　今兒個的戲真成功，我可沒見過有這樣叫好的，都炸了窩啦。班主，成了成了，前頭都給您墊平啦，就等著您上。跟咱們打對臺的魁喜班見勢頭不對，撤了明兒個的戲碼臨時換成《搜孤救孤》。
華雲　《搜孤救孤》？誰演？
陳管事　就是魁喜班的老班主白鳳樓。

【華雲下】

陳管事　班主您上哪啊？就要開……撐著點啊！班主班主……（追下）

【另一區塊亮起，白鳳樓唱《搜孤救孤》「娘子不必太烈性」，華雲看著】

白鳳樓　（唱）
娘子不必太烈性，卑人言來你是聽。
趙屠二家有仇恨，三百餘口命赴幽冥。
我與那公孫杵臼把計定，他捨命來你我捨親生。

捨子搭救忠良的後，老天爺不絕我的後代根。
你今捨了親生子，來年必定降麒麟。

【白鳳樓咳嗽，師娘扶】

師娘 老傢伙，你就別唱啦。
白鳳樓 白鳳樓三個字貼了出去，我就是死也得唱完。

【華雲上，扮好老生妝】

華雲 師父。
白鳳樓 （不允）我不是你師父，你這身功夫不是我教的。你來做什麼？
華雲 來跟師父討繡鞋的。
白鳳樓 繡鞋？什麼繡鞋？我早扔了。你扔了小雲仙，我還留著鞋做什麼？
華雲 都這麼多年了，您還不肯原諒我？
白鳳樓 （一陣咳嗽，勉強說出）唱戲如同作戰，紀律第一，我正準備著下一場戲，你來攪什麼？
華雲 讓徒兒替您唱一場——
白鳳樓 瞎說，這戲唱一半是誰教你的規矩？
華雲 可您的身子……（見白鳳樓堅持）您若不肯讓我替您唱，就讓我傍著您來公孫杵臼吧，在台上也好照應著您。

白鳳樓 跟魁喜班打對台的，可是你的蔚雲班哪。你就不怕班裡亂了套？

華　雲 我情願跟師父唱一場《搜孤救孤》，讓師父在台上狠狠打一打我這不肖徒兒——

師　娘 好了好了，華雲有這心意，你彆扭什麼？昨兒你還說他的《白蛇傳》改的好，怎麼見了面——

白鳳樓 你少說兩句行不行？

師　娘 你吃的是氣飯，還是戲飯啊。

華　雲 小雲仙回來的晚了，請師父原諒。

師　娘 你就讓他……

《搜孤救孤》兩位生角，程嬰捨棄親子，公孫杵臼捨棄性命，兩人忍痛一同追求公理正義。戲中戲隱喻著白鳳樓師徒為了藝術而忍下一切。而在傳統京劇界，創新形同背叛，鞭打像是一場必要的儀式，儘管師傅在二十年後認同了徒兒的藝術觀。

白鳳樓　把髯口給他。（回頭叮嚀）這公孫杵臼啊——（被打斷）

華　雲　曉得，別攪了程嬰的戲。

白鳳樓　（拍拍華雲臂膀，搖頭）就照你自個兒的來吧。

【華雲點點頭，感覺到被師父認可了。以下發揮身段，盡情表現挨打的公孫杵臼】

程　嬰　（唱）白虎大堂奉了命！

都只為救孤兒，捨親生，

連累了年邁蒼蒼受苦刑，

眼見得兩離分！

我與他人定巧計，

到如今連累他受苦刑！

開言便把公孫兄問，

小弟言來你是聽：

你若是再三地不肯招認，

大人的王法不容情。

手持皮鞭將你來打——

【《搜孤救孤》演到此處。老病白鳳樓站不穩，由華雲攙扶，向觀眾謝幕。死在台上】

【中場休息】

第三幕

【華長峰正在練唱許仙。琴師拉琴傍著長峰練。包管事裡裡外外收拾】

華長峰／許仙 走啊！（唱《白蛇傳、斷橋》）
急急忙忙奔家園。
一路只把賢妻念——

【一陣誇張的高跟鞋聲響，剛好敲在胡琴停下的關卡上】

【茹月涵穿著大紅色高跟鞋上】

【長峰和琴師不約而同停住，回頭看見剛進來的茹月涵和金翎。包管事也停下手邊工作，看著兩方人馬。】

包管事 喲，我當是哪個莽撞鬼，一馬騎進京劇團，四隻蹄子滴達滴達響。原來是，兩匹，忘了帶小駒子的母馬，闖進了咱草原上的戲台。真夠希罕了。茹月涵同志，小金翎同志。

金　翎 包管事，好久不見啊。茹月涵同志一下飛機，就直奔你們內蒙京劇團來啦。

第三幕演另一段背叛，受迫於政治的背叛。主角是華雲的兒子華崢（溫宇航飾），文革時遭到茹月涵（圖左方、魏海敏飾）指控。樣板戲《紅燈記》的指涉意義明顯，飾演《紅燈記》主角鐵梅的是劉海苑。

長峰／許仙 只見她花憔柳悴斷橋邊。
小青兒腰懸三尺劍，圓睜杏眼怒沖天。
怪不得她把許仙怨，我害得她姐妹不周全。
不顧生死把賢妻見——

【琴聲嘎然停住，茹月涵饒有興致地繞著長峰看。】

茹月涵 就是他，我就要他。別的許仙我都不要，就要他。

金　翎 他？妳知道他是誰嗎？

琴　師 他！她怎麼就要了他呢？

包管事 咱們京劇團裡還有小生，茹月涵幹嘛就要華長峰一個？

琴　師 除非，她根本不知道眼前這人是誰？

茹月涵 就憑他這扮相，清秀俊逸，氣度瀟灑，我怎麼會不知道他是誰？

金　翎 那你還要他？

茹月涵 是塊材料，值得栽培，我打算拉拔拉拔。

金　翎 這句話他父親當年，就是這麼對妳說的。

第三幕以文革為背景，紅色框架的舞台上，琴師馬蘭坐在一角，時而操琴伴奏，時而加入故事。

茹月涵　整整十年，大家都不演白蛇，不演虞姬，不演貴妃。整整十年，台上只見打辮子的李鐵梅，再也不見梳包頭的白素貞。可十年過去了，現在又時興白蛇了。何況，我找到了他。

金　翎　他可不是華崢，他是華崢的兒子華長峰，更何況，他的本工是文武老生。許仙該是小生，難道妳要一個吹鬍子瞪眼的許仙？

茹月涵　他們華家本來就有這麼個轉行當的習慣，怎麼知道他不行？剛剛唱的那兩句本嗓的許仙，倒挺新鮮的。（看著琴師）把琴師也帶著。

金　翎　帶太多人了吧。

茹月涵　這一切就麻煩妳張羅啦，我的好妹子，小金翎。

【茹月涵沒多做解釋，轉身就走。這麼多年了，她不覺得需要跟金翎解釋什麼。】

包管事　這茹月涵究竟安著什麼心？千里迢迢把大草原上的京劇團，全數搬師回京？她真想贖罪……

金翎　誰要贖罪？茹姐幹嘛要贖罪？

【茹月涵突然回頭，丟了一句：】

茹月涵　人生的不圓滿，非得在戲裡求，這話是誰說得啊，包管事？

【茹月涵笑吟吟地掉頭就走，留下一眾尷尬。】

包管事　啊？

金翎　還說您是老管事呢，怎麼「蔚雲班」的家訓都忘了？你們對這件事有意見，我不介意，茹姐不過只想趁這回全國京劇滙演，上天下地、京裡塞外，把大夥兒兜在一塊。您哪，盯著排戲吧。

包管事　ㄟ。好好傍角啊！

金翎　真是，仗著自個兒年事高見識廣，瞎嘀咕。

琴師　長峰小子，真走運哪，從大草原到京城，一步登天。

金翎　妳也一樣，茹姐不是把妳也要了去嗎。

琴師　我？她要我幹嘛？各地京劇團琴師這麼多，她要我幹嘛？是給她端茶倒水？還是她家胡琴太多了，讓我幫著砸去？

金翎　誰砸誰胡琴？妳唱的是那一齣呀？

琴師　哪一齣？十年，十年……她茹月涵可是卯足著勁要唱角兒啊，甚麼事沒幹過？她帶著一幫人到我家，把我爹我老祖多少把老琴，全都抄了出來，還放火燒了。其中有一把還是當年楊派琴師親手作了送我爺……（被打斷）

金翎　我可管不了你們家的琴，妳要不想去，得自己表態。免得到時候上級派下來，倒說是我找你麻煩。話又說回來，這回全國滙演可是京劇界二十年的大事，說不準演完了，還讓妳回鄉落戶北京。要不要，妳自個兒想清楚了。

華長峰 金翎姐，我有件事想問妳。

琴師 是不是，跟茹月涵恩恩怨怨的，何止我一個？

金翎 有什麼話，盡管問吧。

長峰 我該怎麼謝她？

金翎 不用啊。

長峰 送雙彩鞋合適嗎？

金翎 你都把我送糊塗啦。

長峰 我是想，這次能夠上京參加全國匯演，是人家讓我去的，謝禮不能少，可又不好太整治。給茹老師帶一雙繡工精巧的繡鞋，不會太貴重，到底是角兒整天得踩著不是，體己又不巴結，妳說好不好？

金翎 說你有心眼吧，可怎麼會想到送人家鞋呢？

長峰 妳覺得不好？

琴師 送鞋給人家是讓人家走路的意思。人家請你去傍戲，可你倒先送上一雙鞋。

金翎 我也覺得不太妥當。

長峰 可我送的，不是一雙普通的鞋。

金翎 那是什麼稀奇的鞋？

長峰 是我父親當年留下來的一雙蟠龍繞鳳金絲掐紅牡丹重瓣小繡鞋。

琴師 蟠龍繞鳳金絲掐紅牡丹重瓣，好一雙小繡鞋。

金翎 你哪裡弄來的這麼個老東西？快收起來，當心讓人看見，要惹麻煩的。

長峰　不妨事。前幾天老包師傅從舊衣箱裡找出來，沒人看見。

琴師　老傢伙，哪時候藏了這麼個玩意？妖裡妖氣的，這要是在從前留這一雙封建四舊的鞋，不就給自己找麻煩了嗎？

【煞那間，絲竹齊鳴，風月如倒流，回到了一九五四年】

【舞台另一邊，華崢風華正盛（四十歲左右），茹月涵再出場，才是二十出頭，如花待放。連那包管事遊走過去，也不再顯老，一派風趣逗人。琴師一雙手，時停時續，琴音亙自穿今越昔。小金翎手捧繡鞋，兩邊穿梭，往來間還少唏噓。】

金翎　華師父，這鞋樣繡工少見啊。

華崢　蟠龍繞鳳金絲掐紅牡丹重瓣小繡鞋。

金翎　師姐，妳瞧，這鞋頭上的大紅牡丹，多好看。

茹月涵　是啊。別的繡鞋上都是流蘇長流，這鞋上卻襯了朵大紅牡丹，還是個重瓣的，花跳花跳的，還真好看。

華崢　（逗金翎）送妳的。

金翎　啊？

華崢　（笑，說出真話）是給小茹的。

茹月涵　給我的？

華崢　歷來白素貞都是一身素白，我總覺得少了點嫵媚風情。月涵腰腿功底秀實，一襲白褶子下邊要襯著這雙蟠龍繞鳳金絲掐紅牡丹重瓣小繡鞋，不管是遊湖裡的登舟盪船、金山寺的舞

已成名的華崢（溫宇航飾）帶著剛出道的茹月涵（魏海敏飾）合演《白蛇傳》。華崢還將祖傳的蹺鞋，改製成「蟠龍繞鳳金絲掐紅牡丹重瓣小繡鞋」，送給茹月涵。

金　翎　劍尋夫、或者是斷橋的真情相遇，肯定更顯伶俐，更拿得住人。師姐，穿上試試吧？

茹月涵　嗯。

【茹月涵謹慎拿起繡鞋，端詳再三，才試了起來。】

【茹月涵試鞋時，包管事獨白，自言自語窮嘀咕。】

包管事　這蟠龍繞鳳金絲掐紅的繡鞋，還是當年海派大聯演的時候，華雲老老闆特意在上頭加了朵紅牡丹，端出來踩台的。老老闆眼明心亮，看準了機關佈景的噱頭耍不久，得找別的路走。他可把觀眾心思抓牢了，手裡有新招，又不讓太招眼，覺得戲好才磁實，因此把花招盡踩在腳底下。到底瞞不過那些眼尖的戲迷，全上海的太太小姐奶奶夫人們，連著好幾個月就堵在戲台邊，說是看戲，根本專為瞅鞋來的。蔚雲班一齣新白蛇，把整個上海灘迷亂的喲，連拍電影的也跟著做了一雙大紅牡丹的繡鞋。哼，電影片子明明是黑白的，牡丹紅不紅，誰看得出來啊？

華　崢　這是我們老華家的獨門繡樣。

金　翎　那豈不是老古董了？可看著還真是漂亮。

茹月涵　老東西自有老東西的風情啊！越陳越有味。

金　翎　那時候是誰演白素貞？

包管事　不記得了，反正不是老老闆自個兒，他那時候早改行唱老生了。

金　翎　師父說那個時候演白蛇都是踩蹺的，可這雙不是蹺鞋。包管事怕不拿錯了吧？

華　崢：老包，虧你說了一長串，人家還不信呢。

包管事：華老闆別嫌我們話長。咱跟了國營劇團，沒別的說，一路跟著愛國到底。可也多虧咱蔚雲班的老衣箱沒扔，要不，上哪兒給小茹找雙特別的？國營劇團裡頭盡是些農民裝、乞丐樣，找不出一樣花花綠綠的巧玩意！唉，人家新中國不喜歡老東西，不作興踩蹺。咋辦？山裡找，水裡撈，巷子裡問，弄堂裡刨，好不容易挖到一塊相近的蟠龍繞鳳金絲掐紅的面料，一雙壓箱底二十年的老蹺套好不容易改成了新彩鞋，刀馬旦也給整成了小花衫。要不是華老闆要的，我才不下這種死工夫，費時費工又不夠進步。

【茹月涵滿意地低頭看著腳上的繡鞋，邁步白蛇身段。華崢看著看著，忘情地跟進，兩人演練斷橋。】

茹月涵／白素貞：（唱《白蛇傳、斷橋》西皮垛板，唱得很激憤，像痛斥指責）

你忍心將我來傷，
端陽佳節勸雄黃。
你忍心將我誆，
才對雙星盟誓願，你又隨法海入禪堂。
你忍心……（被華崢溫柔地打斷）

華　崢：小茹，白素貞這段垛板，得柔點兒聲唱。憤恨只是表面，要唱得好，就得唱出表面下的深層。

茹月涵 柔點兒聲唱？許仙對白素貞猶豫不決，要愛又不敢，要捨又不甘，害白素貞懷胎九月還得上金山尋夫。金山寺一趟水門下來，斷橋邊見著許仙，當然是又氣又怨。氣他辜負自己，那是表面；怨自己扒心扒肝地對他，那是底層。這要怎麼柔聲呀？

華　崢 氣憤和怨恨，本是一回事。憤恨底下的情痴，才是重點。

茹月涵 憤恨底下的情痴？

華　崢 妳想想，白素貞唱這段的時候，許仙背叛了她幾次？

茹月涵 唔……兩次。

華　崢 哪兩次？

茹月涵 被法海說動了，勸酒逼白

華崢（溫宇航飾）教茹月涵（魏海敏飾）別唱得太激憤：「憤恨底下的情癡，才是白蛇。」

華　崢　素貞現出原形，那是第一次。白素貞解釋那蛇不是自己，是蒼龍祥瑞，他先是信了，到頭來又被法海說動，上金山修行，那是另一次。

妳想想，白素貞連著被許仙背叛兩次，依舊要來找他，為什麼？難道只是為了洩恨？掏到底，她心裡頭怕。

茹月涵　怕？白素貞會怕許仙？

華　崢　怎麼不怕？她就怕他不愛她了。這麼幾個月下來，許仙此刻心裡究竟如何打算，白素貞沒有底啊。因此她這兒不會只是理直氣壯地含淚痛斥。

茹月涵　那該怎麼唱呢？

華　崢　含淚痛斥的重點在淚，你得柔聲點，聲聲柔情，句句纏綿。

茹月涵　那會不會把白素貞演的太…太軟弱了，師父？

華　崢　垛板裡的柔情，怎麼樣也怒中帶柔，不會太軟弱。

茹月涵　垛板還得柔聲唱？真難。

華　崢　唱倒不難唱，難在能不能體會白素貞心裡多在乎許仙，多怕他不愛她？再怎麼說，人家到底是一介書生，自己又是什麼？

茹月涵　一尾蛇妖。

華　崢　（看著月涵）她憑什麼以為人家還要自己？

【茹月涵望著此刻深情脈脈看著自己的華崢，行腔禁不住柔軟了許多。兩人再唱一遍剛才的西皮垛板，她和華崢都忘情入戲。】

茹月涵／白素貞 你……

（西皮垛板）

你忍心將我來傷，
端陽佳節勸雄黃。
你忍心將我誆，
才對雙星盟誓願，你又隨法海入禪堂。
你忍心叫我斷腸，
平日恩情且不講，不念我腹中還有小兒郎？
你忍心見我敗亡，
可憐我與神將刀對槍、只殺得筋疲力盡
頭暈目眩腹痛不可當、你袖手旁觀在山崗。
手摸胸膛你想一想，
你有何面目來見妻房？

華崢／許仙 （白）娘子，賢妻啊！

原只想拜佛早回轉
文殊院粉牆高似天
聽魚磬只把賢妻念
那幾夜何曾得安眠？
賢妻金山將我探，
咫尺天涯見無緣。

金翎／小青　法海與你來交戰，
卑人心中似箭穿。
小沙彌，行方便，
他放我下山訪嬋娟。
得與賢妻見一面，
縱死黃泉我的心也甜。
（白）呸！（西皮快板）
既是常把小姐念，
為何輕易信讒言？
小姐與法海來交戰，
你為何站在禿驢一邊？
花言巧語將誰騙，
無義的人兒吃我龍泉！
茹月涵／白素貞　青兒慢舉——

【三人正做身段，華崢瞥見一旁靜立的少年華長峰，停下正在排的戲。】

華　崢　長峰！別站在那看，過來聽，才記的牢實。我再說一次啊，憤恨底下的情痴……（被長峰打斷）

華長峰　爹，我們不是說好了嗎？我不學戲。

華　崢　（一愣）喔……瞧，差點兒忘了。（從身上取出薪資）拿去吧。剛領的工資，拿回去給你媽。

華長峰　就這麼一些？

華　崢　國家養著咱，要那麼多幹嘛？

華長峰　國家要是真看得起咱唱戲的，就不會只給那麼一點了。

華　崢　多嘴！

【長峰放下傘】

華長峰　媽說要下雨了，給您拿把傘，還說要您別只顧著唱戲，早點回家。

【少年長峰緊握著幾張鈔票，下。】

華　崢　（看著長峰離開）這孩子，說是打死不唱戲，可又總在旁邊聽，要教他，又不肯。（看著手裡的傘）正好，咱們把《借傘》那段也來來……

茹月涵　師父，讓小金翎也試試這雙繡鞋吧。這蟠龍繞鳳的繡鞋，小青穿著肯定更好看。

金　翎　我才不要呢。要也要等自己有出息了，我也做一雙私房繡樣，嗯……（想），巧鳳降龍金絲掐綠水仙花黃，跟你的蟠龍繞鳳金絲掐紅牡丹重瓣打對台！

【金翎邊說邊舞小青的雙劍】

華　崢　小茹，這雙鞋，妳就拿回去吧。

茹月涵　我知道師父對我好，一心要栽培月涵，只是這雙鞋，先放在老師這兒，我不拿回去。

華　崢　怎麼？妳不要啊？

茹月涵　鞋，我當然要，先放在老師這裡。以後我的白素貞只傍您的許仙，往後唱《白蛇傳》的時候，才穿這繡鞋，幹嘛要拿回去？

華　崢　傻子。《白蛇傳》是旦角戲，白素貞是主角，哪有主角傍配角的道理？你聽說過《白蛇傳》，可聽過《許仙傳》？

金　翎　雖沒聽過《許仙傳》，不妨來個《青蛇傳》，讓我也過過角兒的癮。

華　崢　我總有老的一天，到了那一天，你還得找個年輕的許仙來傍你。

茹月涵　（獨白）鞋是他送的，路還我自己走。當年，我原想穿上這雙鞋，能讓自己走得更端莊典雅，更機靈秀氣。水袖一擺，拂柳分花，走過蘇隄、白隄、斷橋、雷峰塔，閒遊冷杉徑，悶對娑欏花。可當年，那漫天的狂風驟雨，突如其來，刮得我站不住腳，什麼雲步、蹉步，圓場，都成不了形，屁股坐子、鷂子翻身都還來不及做好呢，全都陷進泥濘裡。就連腳下一雙牡丹重瓣金絲掐紅，也整個陷了下去。黃土四濺，濺上金絲，蟠龍繞鳳成了真的蛇，從四面八方，鑽了過來。我不能呼吸，我要活著，我想活著，我只得拽緊了他，緊緊的拽著他。我的許仙，只有他能幫我擋著。白蛇不拽緊許仙，要拽誰呢？

【琴聲再度風起雲湧。一邊，旦角唱起樣板戲《紅燈記》鐵梅唱段，另一邊，紅衛兵隨著節奏，時緩時急地審問著華崢、金翎、茹月涵。】

【紅衛兵不要寫實肖真，服裝和表演都不必肖真。誇張的不真實】

紅衛兵甲　（奪過華崢手上的繡鞋）說，這是什麼鬼玩意？說！

鐵　梅　（《紅燈記》二黃原板）

聽奶奶講革命英勇悲壯！
卻原來我是風裡生來雨裡長。奶奶呀！

紅衛兵　說！

華崢　女鞋。

紅衛兵乙　我當然知道它是女鞋。我是問你，它到底是誰的？

紅衛兵　說！

鐵梅　十七年教養恩深如海洋。

紅衛兵　說！誰的？

華崢　青衣、花旦、刀馬旦，都可以，生行、文丑武丑，都不宜。

紅衛兵乙　滑頭！

紅衛兵甲　茹月涵，妳老實明理，清清白白地講，這可怕的東西到底是誰的？（如舉紅燈般的高舉繡鞋）

紅衛兵　說！

鐵梅　今日起、志高眼發亮，
討血債、要血償，前人的事業後人要承當。
我這裡舉紅燈光芒四放——

紅衛兵甲　（對茹月涵）說！

茹月涵　蟠龍繞鳳金絲掐紅牡丹重瓣小繡鞋。

紅衛兵甲　什麼紅絲綠絲？這麼繞口，聽著就讓人墮落，肯定也是封建社會的一朵毒菜花。金翎，妳說。

金翎　說什麼？

鐵梅　（白）爹！

金翎　菜花啊？

紅衛兵甲　說什麼？嗯，就說這蟠龍繞鳳金絲銀絲木瓜涼拌小繡鞋，是誰的？說！

茹月涵　蟠龍繞鳳金絲掐紅牡丹重瓣小繡鞋。

紅衛兵甲　說！

華崢　蟠龍繞鳳金絲掐紅牡丹重瓣小繡鞋。

紅衛兵甲　蟠龍繞鳳金絲掐紅牡丹重瓣小繡鞋。咦，這鞋的名字還不難記嘛。金翎，說！

金翎　蟠龍繞鳳金絲掐紅牡丹重瓣小繡鞋。

鐵梅　（二黃快板）我爹爹像松柏意志堅強，

紅衛兵　啥？

鐵梅　（二黃快板）頂天立地是英勇的共產黨，

紅衛兵　它。

鐵梅　（二黃快板）我跟你前進絕不徬徨。

紅衛兵　誰？

鐵梅　（二黃快板）紅燈高舉閃閃亮，

紅衛兵　她。

鐵梅　（二黃快板）照我爹爹打豺狼，

眾人　誰？

鐵梅　（二黃快板）祖祖孫孫打下去，

紅衛兵 他。

鐵　梅 （二黃快板）打不盡豺狼——

紅衛兵 給我說清楚了，不然也判你個右派的大帽子戴，再剃你個陰陽頭，綁了你遊街掃大糞。說！

鐵　梅 （快板）決不下戰場！

茹月涵 （像是被挑起了戰鬥神經）是他送給我的。

華崢／許仙 （白）娘子救命啊。

茹月涵 （白素貞）怎麼？你今日也要為妻救命麼？你、你、你！（轉身面對眾人）我告訴你們，那許仙的頭腦始終不清楚，明明是新中國的人，卻對舊社會老東西不能割捨。有一次，他不知道從哪裡弄

茹月涵藉繡鞋指控華崢（溫宇航飾），幾近瘋狂的華崢分不清是哭還是笑：「小茹，憤恨底下的情痴，才是白蛇呀！」一旁，《紅燈記》不停的唱著。

來那雙鞋，說是送給我演白素貞，還說這鞋穿了，會讓白素貞更性感，更能誘惑人。誰想得到呢？他竟然把反抗封建的白素貞，誤解成被愛情沖昏頭的小資產女青年！他家裡明明有妻小，卻想用這種糊塗的小資想法誤導我，嘴上說白素貞對許仙的愛情有多深，骨子裡卻要占盡我的便宜。我看他根本就是身在敵營心在漢，……不是，是腳踏兩條船，腳穿兩雙鞋，既要新人又不忘舊人。

紅衛兵甲　說得好！既要新人又忘不了舊人，說的就是華崢。

華崢　小茹，憤恨底下的情癡，才是白蛇啊。

遭批鬥的華崢（溫宇航飾）被兒子華長峰（盛鑑飾。盛鑑在本劇前兩幕演小雲仙／華雲，第三幕演華家第三代的華長峰）接回，本來不願意學戲做伶人的長峰，對父親說：「爹，您不是要教我唱戲嗎？從哪齣開始？」。

茹月涵　（似李鐵梅般，越說越亢奮）我那時候年輕，雖然覺得不對，也不敢反抗，但也不至於收下那雙臭鞋，中了他的陷阱。就順口編了個說法，硬把那雙臭鞋留在他那裡。我跟他真的是清清白白的。我跟他，始終是劃清界線的！

華　崢　（笑介）哈……

紅衛兵乙　口吃國家糧、心懷舊世界，還有他在舊世界裡得到的便宜！

華　崢　是我不好，我對不起妳，我不該這樣對妳的。

【華崢顛簸地走向一旁，少年華長峰心疼地隨後跟著。】

華崢／許仙　（唱《白蛇傳》四平調）

那一日爐中焚寶香，

夫妻們舉酒慶賀端陽。

白氏妻醉臥在牙床上，我與她端來醒酒湯。

用手兒撥開紅羅帳——嚇得我三魂七魄飄！

華　崢　（對著長峰、失神的）月涵，妳說，到底是妳把我看錯了，還是我把妳錯盼了？

長　峰　爹，別想了，咱們回家吧。爹，要唱，咱們回家唱，我陪您！您不是要教我唱戲嗎？從哪齣開始？

【華崢、華長峰各據舞台一邊，相和對應接力演繹同一段四平調。】

華崢／華長峰　（許仙，四平調）
先只說我妻是魔障，
卻原來是蒼龍降吉祥。
悶懨懨來至在江亭上，
（白）好一派壯闊長江也！
長江壯闊勝錢塘。

【一陣水聲，華崢落水亡。】

【一陣水聲後，始終坐在一角的琴師，剛伴奏完四平調的琴師，開口悲嘆】

琴　師　十年哪！十年……

【茹月涵、金翎不知何時站在台上，看著華崢父子二人同唱四平調】

茹月涵　（唱《白蛇傳、斷橋》）：
西子湖依舊是當時一樣，
看斷橋、橋未斷、我寸斷了柔腸。

金　翎　我傍著她，一傍二十年，才覺得那不是白素貞的淚花，倒像是她自己的淚花。

「用手兒撥開紅羅帳——」發現真相的華崢，真個是「嚇得我三魂七魄颺」。《白蛇傳》許仙回憶端陽酒後的唱段，有強烈的隱喻作用。

《白蛇傳》許仙「長江壯闊勝錢塘」剛唱完，華崢落水而亡——「大草原上的湖水，一整年都是冰的，那年夏天，他就這麼走進了湖裡。」

【華長峰回來時，手上多了一個包袱，老包扭扭捏捏跟在後面。】

茹月涵　（愣住了）……你，哪兒弄來的？

華長峰　離開內蒙的時候，老包師傅給找出來的。

茹月涵　我以為這鞋早就……

華長峰　它是被扔進了火裡了，不巧被誰一泡尿澆熄了火，又讓人撿了去墊門檻。

茹月涵　老包，是你？

包管事　不是。我……

華長峰　沒關係，說吧，老包師傅。

包管事　我只是跟他們說，拿舊社會的戲子繡鞋當門檻，不但擋不了雨，還要擋了革命又擋人命，

茹月涵（魏海敏飾）真的背叛了她的許仙嗎？「狂風驟雨刮得我站不穩腳，牡丹重瓣金絲掐紅也陷了下去。蟠龍繞鳳成了真的蛇，我想活著，我只得拽緊了他，白蛇不拽緊許仙，要拽誰呢？」

千千萬萬是個反革命！他們，就把鞋還給了咱老包。

華長峰 老包還說……（示意老包繼續說）

包管事 我還說？我這兩個鼻孔都插辣椒了，我還說？

琴　師 說吧，老包，我傍著你。

包管事 我說這鞋啊，從蹺鞋改成了繡鞋，從鳴鳳班白老板手裡交給了華家，火裡來、水裡去，牡丹居然還在。想起它在台下走過的路，在台上演過的戲，我就得……「想當年」：「湖邊拾得一壺酒，風雨湖心醉一回」（《白蛇傳、遊湖借傘》船伕的唱）

茹月涵 長峰，我可是把你當自己人，難道你心裡總還想著……當年？

華長峰 您別多心，茹老師。我只是想撿回我父親當年丟下的東西。這畢竟是我父親當年親手送給您的，也算物歸原主。這才是重逢啊，您說，是不是？

【金翎拉開長峰到一旁】

金　翎 敞開心胸說真話。我問問你，你到底為什麼要回來和茹姐唱戲？你安的什麼心？

華長峰 （幽幽的，自說自話，並未回答金翎）我父親以前老說要教我戲。年少的時候不懂事，叫著嚷著說唱戲的沒出息，才不要跟著他腳步。等他走了，想他的時候，卻怎麼想，都是他唱戲教戲的模樣。他一輩子就知道唱戲，就連走的時候，也是唱著四平調走進湖裡的。大草原上的湖水，一整年都是冰的啊，那年夏天，他就這麼走進了湖裡。（稍頓）我沒有跟我父親學過一天戲，可茹老師卻跟我父親學了一身的本事。她就算不記得我父親，總該記得我父親是怎麼唱許仙。我要能跟她搭檔演一回白蛇傳，就可以知道我父親是怎麼唱許仙的，那憤恨底下的情痴，究竟是怎麼回事。

金　翎 我就不信你就這麼原諒了茹姐。

華長峰　我沒有原諒她。（停頓）是她原諒了我。你忘了？我是許仙啊！

金　翎　你別跟我吹鬍子瞪眼的。

華長峰　是白素貞原諒了許仙。

金　翎　那是戲！你今天把話說清楚了，別跟我來這套，什麼真情流露、台上台下分不清的！

華長峰　誰能分得清？為什麼要分清呢？戲台下的不圓滿，不都得到台上求嗎？唱戲，不就是為求個圓滿？分清了、那還唱得下去嗎？

金　翎　不就是唱戲嗎？就唱吧！

包管事　穿起小繡鞋，大戲唱起來！

最愛西湖二月天
斜風細雨送遊船。
十世修來同船渡
百世修得、同台共戲緣，共戲緣、共戲緣。

【金翎取劍，對著長峰。】

茹月涵／白素貞　青兒慢舉——（唱）龍泉寶劍！
（白）冤家啊

【用手指戳許仙額頭，許仙跌倒，白蛇又趕快扶起，相擁而泣】

妻把真情對你言。

你妻不是凡間女，
妻本是峨嵋山上一蛇仙。
只為思凡把山下，
與青兒來到西湖邊。
風雨途中識郎面，
我愛你神情繾綣，風度翩翩。

【華崢穿場過，像是靈魂飄過，看著這一切】

我愛你常把娘親念，
我愛你自食其力不受人憐。
紅樓交頸春無限，
怎知道良緣是孽緣。
端陽酒後你命懸一線，
我為你仙山盜草受盡了顛連。
縱然是異類我待你的恩情非淺，
腹內還有你許門的香煙。
你不該病好把良心變，
上了法海無底船。
妻盼你回家你不轉，

哪一夜不等你到五更天。
可憐我枕上淚珠都濕遍，
可憐我鴛鴦夢醒只把愁添。
尋你來到金山寺院，
只為夫妻再團圓。
若非青兒她拼死戰，
我腹內的姣兒也命難全。
莫怪青兒她變了臉，
（白）冤家！
誰的是，誰的非，你問問心間！

【掌聲如雷，茹月涵把華長峰往前推，接受掌聲，自己轉身往上舞台走。茹月涵再回頭，看著站在台口謝幕的華長峰，看著身邊的華崢（彷彿幽魂般）。】

茹月涵／白素貞

猛回頭、避雨處、風景依然。

【他們和解了。明知人生不圓滿，卻偏要向戲裡求個大團圓。台上的團圓，蘊藏深切的悲劇性，而戲還是要唱下去，台上的優伶們，提著戲箱緩步向前行，一直走下去……】

【全劇終】

文革結束後，茹月涵找到恩師的兒子華長峰，邀長峰和自己合演許仙，茹月涵唱出了白蛇「憤恨底下的情癡」，這或許是她的贖罪吧。謝幕時茹月涵把華長峰一人推向前，接受掌聲。

茹月涵的贖罪，在天上的華崢能接受嗎？《百年戲樓》無法明說，只把戲結束在戲中戲白蛇傳斷橋重會的「猛回頭避雨處風景依然。」圖為華崢（溫宇航）微笑謝幕。

《水袖與胭脂》演祖師爺的故事（唐文華飾演）。唐明皇精通音律，死後被梨園界尊奉為祖師爺。戲一開始，他帶著伶人們上窮碧落下黃泉。

伶人第三部曲《水袖與胭脂》

王安祈、趙雪君

「忽聞海上有仙山，山在虛無縹緲間」

水袖與胭脂的故事發生在此，

這是個伶人世界、角色王國。

大幕開啟時，

喜神正帶領一群伶人上窮碧落，

來到這鏡花梨園、海上仙山。

伶人們在祖師爺帶領下進入梨園仙山。「忽聞海上有仙山，山在虛無縹緲間」

序場

【開幕時，伶人呈現靜止的偶狀】

【戲班祖師爺喜神之元神唐明皇穿梭其間，一一點撥，讓他們活起來，從偶到人。同時唸出他們的名字】

喜神　（白）飛花、流沙、子䑙、蒲娘、優常、榮喜、無名、行雲班主。開台！

眾伶人　（白）什麼地方？是何所在？

星空？雲端？銀河？瀚海？戰場？戲台？

仙山？這就是了，仙山。這就是：鏡花梨園，海上仙山。

我們是怎麼來的？我們是跟誰來的？如何到此？

眾伶人　（唱）

飛煙頓起，迷霧漫漫，

排雲馭氣，入地升天。

和夢初醒，滴溜滴溜、才一轉，

喜神

早來到這、鏡花梨園、海上仙山。

（唱）

飛煙頓起，迷霧漫漫，

調脂粉、戲弄起、千古情緣。

白羅衫、穿上身、生死永別、悲無限，

換絳紗、鸞星初照、滋味甜。

淡粉煙藍、行幾步、婀娜婉轉，

著青衫、扮書生、指地罵天。

喜怒悲歡、巧妝扮，

物換星移、一夕間。

輕盈自在、迴旋翻轉、水袖翩翩、迴旋翻轉，

施展身手、在此間。

幕後太監

（白）太真仙子登玉殿，宣「行雲班」上殿獻演慶賀哪！

眾伶人

（唱）

何方仙子登玉殿？

何方仙子登玉殿？

鏡花梨園、弦歌不斷，

海上仙山、以戲為天。

誰的嗓音美、誰就官位顯

誰的功夫好、誰就掌大權。

誰要是、唱唸做打、嗓子扮相、樣樣齊全，

班主

他就能、坐擁梨園、掌仙山。

（白）

快收拾好，戲箱抬穩啦！【對著喜神娃娃說：】

喜神爺爺，您坐穩了，我們要進宮啦！行雲班進宮啦！

【班主捧著喜神娃娃，帶領全班準備進宮】

【喜神（唐明皇）知道要去見楊妃了，軟弱、猶豫、退縮。其實他引著行雲班上窮碧落下黃泉來到仙山，原本就是要見楊妃的，臨時卻又情怯。】

（唱）

腳蹤兒、忽遲緩，

撥不開心頭霧、沉漫漫。

上窮碧落下黃泉，

眼看相逢在瞬間。

瞬間情又怯、相逢待何如？

腳蹤兒遲緩還延、遲緩還延。

【班主捧著喜神娃娃準備進宮，卻被猶豫退縮的喜神之元神唐明皇拖緩。班主控制不住自己的腳步，遲緩還延，甚至倒退。班主和唐明皇的身段步履一致。當行雲班全體進宮，喜神和班主卻仍在宮外。】

第一場

【場景：梨園仙山的玉殿】

太真仙子　（唱）
海上忽然起仙山，
山在虛無縹緲間。
風吹仙袂飄飄舉
恰似霓裳羽衣旋。
尋尋覓覓、覓覓尋尋、歲月流轉，
不知今夕是何年。

眾臣　參見太真仙子。

仙子　平身。

宰輔　恭賀太真仙子登殿，老臣歌舞一番，為仙子慶賀。

仙子　怎敢勞動宰輔？

祝月　還是由我祝月…

仙子　祝月？

眾臣　（介紹祝月）祝月公主。

仙子 喔、祝月……公主？

祝月 待我祝月以羯鼓一曲，恭賀仙子登殿，願仙子千秋萬歲。

【祝月公主羯鼓歌舞一回】

仙子 祝月公主歌舞妙絕，嗯…不知妳是哪家公主？

祝月 我也不知是何方公主，仙子到此，我也就跟著來了。

【太監上】

太監 行雲班上殿慶賀。

仙子 傳。

宰輔 戲箱放在宮殿門口，扮好了戲再進來。

【行雲班眾人上（班主不在內），演出《齊天大聖》。但竟出來兩個美猴王，互相爭奪猴王之位】

眾伶人 怎麼回事？

伶人流沙 他兩個都說自己是頭牌，爭著演猴王，誰也不讓誰，鑼鼓一響，都上去了。

眾伶人 班主呢？

眾伶人 班主怎麼不見了？

伶人子焰 進宮的時候班主沒趕上，好像還在宮門口呢。

宰輔 亂了套，轟出宮去。

仙子 且慢，行雲班既稱天下第一，本宮想聽他們文戲如何。

宰輔 這樣的班子，不值一聽。

仙子 且讓他們試上一試。

宰輔 啟稟女主，行雲班膽大妄為，譏刺女主。

仙子 怎見得？

宰輔 仙子初登玉殿，行雲班心存不敬，竟將仙子比做孫猴兒……（仙子示意宰輔說下去）仗著幾年道行，孫猴兒便敢鬧上天庭、自封齊天大聖，此乃譏刺仙子憑著、憑著……微臣不敢說。

祝月 祝月替宰輔說了吧。譏刺仙子也不知憑著什麼，榮登玉殿、坐擁仙山。宰輔可是此意？

【行雲班眾人下跪】

眾伶人 仙子明鑑，我等絕無此意。

仙子 宰輔心意本宮俱已知曉，只是本宮與歷代君王不同，宰輔大人免卻這番心思吧。（對行雲班）諸伶平身。

眾伶人 謝仙子聖明。

仙子 往下演來。

宰輔 仙子再給你們一次機會，造化如何，就看本事了

伶人流沙　（對著爭猴王的兩名演員）祖師爺面前跪著去。

伶人優常　你又不是班主，憑什麼罰我跪？

伶人流沙　你自己摸摸良心，對得起祖師爺嗎？

【第二段戲中戲開始：伶人無名和蒲娘唱崑曲戲中戲，無名扮演唐明皇，蒲娘扮楊妃】

無名扮唐明皇　（白）妃子，金釵鈿盒，情比金堅，朕與妳的恩情，豈是等閒可比？

【唐明皇將金釵鈿盒賜與楊妃】

無名扮唐明皇　（唱崑曲）

休心慮，免淚零，怕移時，有變更。

做酥兒拌蜜膠粘定，總不離須臾頃。

（蒲娘扮楊妃，加入同唱）

話綿藤，花迷月暗，分不得影和形。

二人　（同白）

七月七日長生殿，夜半無人私語時；

在天願為比翼鳥，在地願為連理枝。

【仙子傾聽，逐漸加入表演，似是回憶自己的戀情，直到最後才驚醒】

仙子　（唱）
今宵才對雙星證
轉眼連理兩輕分。
戲場豈容人摶弄？
（白）
出宮去吧！
（接唱）
七夕盟言是虛文。【仙子下】

宰輔　大膽，《齊天大聖》已是大亂，此曲又污聖聽，行雲班冒犯天威，即刻逐出宮去。

祝月　慢著，誰不知道「在天願為比翼鳥」不過是錦心繡口、才子虛文，（對無名）你又怎能唱得如此動情？

無名　小人唱曲，不問事之真假，但知情動於中。

祝月　說得好，你叫什麼名字？

無名　伶人無名。

祝月　什麼？

無名　小人名叫無名。

祝月　有意思。宰輔，將無名留在宮中，我要向他學戲唱曲。

宰輔　此人暫留宮中，行雲班諸人逐出宮去。

【無名被拉入宮】

眾伶人　無名……，唉，只能收拾收拾，先回去再說吧。

【宰輔獨白】

宰輔　想我安祿山，改換容顏，來到仙山，「胡旋舞」苦練多年，誰知她竟也來到此處，憑著霓裳羽衣，掌領仙山。又不知哪裡來的這幫伶人，竟敢號稱天下第一，只恐他們壞我大事。豈能讓他們拉幫結黨，聚眾茲事。

【宣衛士，耳語。】

衛士　傳宰輔口諭，行雲班冒犯天威，擾亂宮廷，即刻出宮，戲班解散，樂籍註銷，不得登台做戲。

伶人優常　此地名為梨園，哪有散班銷籍之事？

衛士　正因此為梨園仙境，技藝高妙者，加官晉爵；功夫不靈的，削職為民，逐出戲班。

伶人榮喜　你搞什麼東西？

伶人子餤　真真豈有此理！

衛士　大膽刁民，口出狂言，來人哪，將他（指榮喜）拖了出去與我打十個大板，他（指子餤）扣了下來，聽本官演講五千時辰，本官要從盤古開天闢地講起，告訴你「真有此理」。

【榮喜、子餤被帶下】

宰輔　為何還在此喧鬧？還不快快出宮？

眾伶人　大人，衣箱砌末還未收拾。

宰輔　樂籍既已註銷，還要它何用？來，將衣箱砌末，盡行燒化！

眾伶人　不能燒啊、不能燒啊，喜神爺爺還在戲箱裡！

【以四塊紅巾的揮舞代表燒戲箱，眾人翻滾搶救戲箱裡的戲服和喜神。班主衝上，搶救喜神】

班主

喜神爺爺！

【喜神唐明皇狼狽上，衣衫殘破】

【眾人搶救不及，各自撿起殘破的戲衫，撲滅上面的火星】

喜神

（唱西皮倒板）

一束星火、起飛煙！

金絲斷、蟒袍殘、蒼髯灰飛、點翠流紅、一件件散碎斑斑。

鎧甲亂、旌旗翻、篇殘簡斷，

眼睜睜、鳳管龍箏、又斷弦。

恍惚間、興亡夢幻、舊事重演，

綵衣宮妝、難周全。

伶人對喜神磕頭

喜神爺爺！

（唱）

喜神爺、木偶身，不言不語、不笑不談，

不轉瞬、不揚眉、卻能夠、撫我心、慰我情，將我疼惜、護我周全。
早晚三炷香煙點，
你在我心頭大於天。
今日戲場方寸亂，
累你無端受牽連。
你莫怪莫怨，

班主率眾伶人（唱）

【喜神和伶人雙方都認為是自己的錯，同聲唱】
我罪大於天，
我罪大於天。（白）喜神爺爺！
【伶人與喜神相互打躬作揖，互求原諒】

喜神（唱）

一個神字、肩上擔，
召不回、生死離合、地轉天旋。
巧變換、全憑你、自家身手、勤鍛鍊，
戲場上、人情百態、你自承擔。
我只能、陪你們、夏練三伏、冬對霜霰，
我只能、助你們、心誠意專。
與你們、相隨相扶、相依相伴，
免教你、戲棚月下、自覺孤單。
今日我、無端的、精神渙散，
未能將你們護周全。

累你無端、遭大難
早晚枉受、三炷香煙。

眾伶人 班主，你剛才到哪兒去啦？

班主 我也不知怎麼沒趕上你們。到底怎麼回事啊？我兒無名呢？

伶人流沙 被扣在宮裡啦。都是你倆，一台戲兩個猴王，都你們鬧的，害得我們……

伶人優常 別說了，鬼摸了頭了。這兒到底是哪裡，該怎麼辦？

伶人蒲娘 我們也不知是怎麼來到此處的，難道就流落在仙山不成？

班主 我們能做什麼？除了唱戲，別的什麼都不會。

伶人飛花 你瞧這裡，做什麼都像唱戲，恐怕沒那麼難混。

伶人流沙 既然如此，也只有各討生路了。只是這喜神爺，總不能跟著我們改行吧。

班主 胡說，誰聽說過喜神改行的？

眾伶人 那該供奉在何處？

班主 這樣吧，喜神爺就揣在我懷中，擁在胸前，時刻在心。行雲班散去，還有別家戲班，我去投靠他們，就算掃地看門，好歹也替喜神爺找個安身之所。只是委屈喜神爺啦，彩衣都燒得只剩半截了！

眾伶人 您早晚三炷香，可得記得報出我們的名字，飛花、流沙、蒲娘、優常、【挨了十大板的榮喜被趕出宮來了，接唸：】榮喜……

伶人優常 還有那被扣在宮裡的子皦、無名。

班主 唉，無名，兒啊。

喜神 （在一旁看著大家）是我愧對你們了！

【班主揣喜神入懷。喜神唐明皇和班主，如影隨形】

第二場

【仙子的夢境】

仙子 大軍鼓譟、干戈擾嚷，這究竟是…？

【四個高力士，從四個角落捧白綾上】

仙子 萬歲？萬歲？哪裡去了？

【環顧四周，茫然，驚恐】

【此時傳來唱曲聲，是被扣在宮中的伶人無名，正在宮中練唱教唱，唱的是唐明皇對楊妃的思念】

無名 （站在舞台一角，唱崑曲）

不催他車兒馬兒，一謎家延延挨挨的望；
硬執著言兒語兒，一會裡喧喧騰騰的謗；
更排些戈兒戟兒，一哄中重重疊疊的上；
生逼個身兒命兒，一霎時驚驚惶惶的喪。
兀的不痛殺人也麼哥，兀的不痛殺人也麼哥！

仙子　閃的我形兒影兒，這一個孤孤悽悽的樣。

【仙子在夢中受驚嚇】

祝月　萬歲？萬歲？你在哪裡？

仙子　仙子，仙子。

祝月　（驚醒）妳……這是什麼地方？妳怎會在此？

仙子　您總是從夢裡驚嚇而醒，祝月不放心，在此侍候。

祝月　你到底是何人？怎會來此？

仙子　您問了多次了，座中看倌喜歡有我這樣的人和仙子您如影隨形，我就來了；至於我能不能永遠跟著您，那就不是我能做主的了，還得聽看倌們的意思。

祝月　我哪有什麼公主，妳與我絕無相干，還不早早離去。

仙子　您這話也說了多次了，只是、您因霓裳羽衣，仙樂飄飄，才坐擁仙山。祝月就算不是公主，至少也可在其中軋上一角，您可別急著趕我走阿。

祝月　妳……【無名的歌聲又傳來】何人在此唱曲？

仙子　無名公子。

祝月　原來是他。妳跟著他學了什麼曲子？

仙子　祝月正要唱給仙子聽呢，仙子您在此梳妝。待我喚無名擊節為拍，簾外歌舞。

公主　【舞台有兩區，一區仙子對鏡梳妝，另一區祝月公主邊唱邊舞，無名擊節為拍並指導歌舞】

仙子

（對鏡梳妝唱）

夜來風雨、催花葬

清晨對鏡、心猶傷。

胭脂無端、和淚淌

幾多紅露、濕霓裳。

殘月未消、日已上

目之所及、兼攝陰陽

【唱到「目之所及、兼攝陰陽」這句時，祝月公主正開始準備唱曲，已走起「魂步」。仙子好像從鏡子裡看到鬼影飄忽，而祝月學唱的正是楊妃死後的魂靈飄蕩之曲】

過眼魅影、忽飄蕩

金釵步搖、鏡閃流光。

【祝月公主唱崑曲，學演楊妃死後靈魂一路追著唐明皇之曲】

惡喑喑、一場噪囉，

亂匆匆、一生結果。

蕩悠悠、一縷斷魂，

痛察察、一條白練、香喉鎖。

風光盡、信誓捐、形骸涴，

只有癡情一點、一點無摧挫，

拚向黃泉、牢牢擔荷。

仙子　這支曲子也是無名教妳的麼？

祝月　正是，都是他教的。

仙子　你不是愛演什麼公主嗎？怎麼學起妃子死後一靈兒孤淒飄蕩之曲來了？

祝月　別管我演誰，只問仙子您喜歡此曲嗎？

仙子　（不回答祝月）無名，方才唱的是什麼人的過往？哭的又是誰人心事？這無盡的傷感從何而來？

無名　啟稟仙子，無名所唱，乃是一朝天子傷心之事。久遠之前，曾有個為了寵妃失了江山的天子——（被打斷）

仙子　可是史冊所載真情實事？

無名　戲中之情，何必為真？天下豈少戲中之人耶？

仙子　此戲從何而來？

無名　自有勾欄戲場以來，便有伶人傳唱此事，只是人人所唱各有不同。

仙子　方才所唱，可是行雲班自編的戲文？

無名　無名只管唱曲，不問曲本來歷。每日黎明即起，喜神爺面前清香一炷，隨即練唱。有時情由心生，無本無詞，逕自詠歎成調。唱至動情處，似覺喜神爺含情相對，淚眼迷濛。那時殘月未消、朝日已上，乍陰還陽……

仙子　不要說了，去吧。

無名　是。

仙子　且慢！

無名　在。

仙子 你究竟何人？

無名 伶人無名。

仙子 何方而來？

無名 來處而來。

仙子 如何來的？

無名 排空馭氣，縹緲凌空，不知如何至此。

仙子 同行何人？

無名 飛花流沙子餤優常。

仙子 來此則甚？

無名 來此唱曲，學唱也教唱，隨行雲班學唱，卻被公主留在宮中教唱。

仙子 方才所唱，何人文詞？

無名 無名只管唱曲，不問曲本來歷。

祝月 他方才回答過了。

仙子 去吧。

無名 是。【無名哼唱著離去】喂呀妃子啊……

仙子 轉來！

無名 是。

仙子 你到底何人？

無名 伶人無名。

仙子 方才所唱，究竟何人文詞？

無名　無名只管唱曲，不問曲本來歷。

祝月　他方才回答過了。

仙子　去吧。

無名　是。【無名哼唱著離去】寡人好不悔恨，喂呀妃子啊……【無名下場】

仙子　無名在宮中已有多時，你待何時放他出宮？

祝月　我還有好多戲想學呢。我已交待下去讓人好生照料，他班主和父親每月都稍來口信，說班裡很好，讓他不必掛心。皇祖母！

仙子　你到底何方公主？為何又稱我皇祖母？

祝月　座中看倌哪個不愛看這等曖昧？

仙子　座中看倌偏要看些不堪之事嗎？

祝月　您不是要尋一齣自己的戲嗎？眼下已有許多，您卻都不滿意，說不定我這公主納入戲情，此戲便能精彩熱鬧、流傳下去呢。只是祝月不明白，仙子因霓裳羽衣，坐擁仙山。還想尋找什麼呢？

仙子　仙樂飄飄，不干人間事，更不能訴我心事。我要尋的……

祝月　該打從這「名花傾國兩相歡」開始，（祝月隨即唱起「花繁穠豔…」崑曲）：

花繁穠豔想容顏，

雲想衣裳光燦。

（仙子加入歌舞）

新妝誰似，可憐飛燕嬌懶。

（祝月不再唱，只有仙子獨唱）

名花國色，笑微微常得君王看。
（祝月已開始複習剛才所唱鬼魂之曲的身段「魂步」）
向春風解釋春愁，
沉香亭同倚欄干。
【仙子邊唱邊舞，沉浸在往日的恩愛中。祝月卻走起魂步，繞著仙子。似陰還陽，氣氛詭異】
【燈暗，結束此場】

第三場

【場景：梨園仙山玉殿宮門口】
【太監上】

太監　宰輔他隻手遮天的本事真大，他的威勢令人懼怕，瞞著仙子和公主，他將行雲班解散了，又要我將家書與金銀都交給他。這也便罷了，連口信也要我自己編，他們父子倆每個月一回的通信，可真令我頭疼啊……

【太監扮演行雲班主和無名父子以及祝月公主】

太監　（模仿無名，小生）啊，敢問公公，我父身體康健否？

太監　班主說他很好。

太監　（模仿無名，小生）班中生理如何？

「水袖翩翩，胭脂舞殘紅。幻影朦朧，心事還向戲中尋。」

梨園仙山主人太真仙子即是楊妃，「雪膚花貌參差是，中有一人名太真」。滿腔遺恨的她，透過戲，探問唐明皇怎忍在馬嵬坡拋捨她。

太監 呃，很好。

太監 （模仿無名，小生）班中眾人呢？

太監 （模仿班主，小丑）很好。

太監 （模仿無名）不孝之子不能侍奉身旁，我父他——（被自己打斷）

太監 無名公子，實話告訴你，不管你問什麼，班主都是很好、很好、很好的。

太監 （模仿無名，小生）喔喔，如此我便放心了。

太監 （模仿祝月，旦角）來，你這兒來。

太監 是，公主。

太監 （模仿祝月，旦角）來，這裡有十兩金子，連同無名的家書一併交給班主吧。

太監 是。……唉，唉，無名不煩，我都煩了。眼看著這個月的通信時間又到了，聽聞公主依然不肯放他出宮……（想）有了，公公我不免到勾欄戲樓走一遭，就拿戲文來應付應付吧。

【太監下】

「戲中之情，何必非真？天下豈少戲中之人？」（魏海敏、蔣孟純）

仙子問伶人：「唱的是什麼人的過往？無盡的傷感從何而來？」
伶人回答：「情由心生，詠歎成調。唱至動情處，似覺喜神爺含情相對，淚眼迷濛。那時殘月未消、朝日已上，乍陰還陽……」（溫宇航、張迦羚）

【仙山一角】

【榮喜挑扁擔、走「矮子步」上（學武大郎賣燒餅），流沙手拿「武大郎燒餅」旗標】

榮喜 就這兒吧，人還挺多的。（叫賣）賣燒餅！武大郎燒餅，潘金蓮親手和的麵！武大燒餅金蓮麵！武大燒餅，金蓮的麵！

【流沙仍舊是唱大花臉的架勢，拄著旗標，雄糾糾一夫當關。路人經過都繞開逃走。】

【片刻過後】

流沙 為什麼沒人買？

榮喜 瞧你那急性子，還沒中午呢，還不餓，再等等吧。

【流沙耍起招牌。路人逃得更快。】

流沙 等不及了，我去問問。（以花臉架勢對路人甲）喂！你！

路人甲 （發抖）英雄有何指教？

流沙 吃過了無有？

路人甲 （發抖）沒、還沒。

流沙 為何不吃燒餅？

路人甲 我……吃素。

流沙 有素燒餅，還有豆沙燒餅。

路人甲 燒餅火氣大，吃了對嗓子不好。豆沙生痰……

流沙 （揪住衣領）呔，推三阻四，是何緣故？

榮喜 欸欸、鬆手、鬆手。抱歉抱歉。（對流沙）這不是辦法吧。

流沙　你行，那你來。

榮喜　（吆喝）武大郎燒餅，潘金蓮和的麵！武大燒餅，金蓮的麵，王婆的藥方，西門的砒礵！

優常　（內白）閒人閃開，大老爺來了！

【優常官服上】

【數板】

升廳坐衙，
升廳坐衙來上班。
走過了前街、往後轉，
一路之上尋尋覓覓、買午餐。
這裡的口味真多元，
東西南北、大宴小吃、異國料理、盡周全。
唐朝的甜品、宋代的麵，
生機飲食、配蚵仔煎。
金玉奴的豆汁、趙五娘的糠，
孫悟空偷吃的蟠桃一盤一盤又一盤。
羊肚湯、竇娥端上了好幾碗，
還有那、端午雄黃、白娘子一杯喝下、滴溜滴溜、現出原形、嚇壞許仙。
任意挑來、任意選，
吃飽了肚子好上、下午班、下午班。

流沙　燒餅，買是不買！

優常　這不是流沙、榮喜嗎？

榮喜　優常，怎麼做了官了？紗帽翅、紅官衣，瞧這扮相。

優常　那日正好看見掛榜招賢，我就報名考試，中了第八名進士。

榮喜　就憑你？你要能中第八名進士，我就是今科狀元。

優常　你就是跟我不服氣！告訴你，你知道考什麼科目嗎？

榮喜　還不是四書五經、詩詞歌賦。

優常　不一樣，考咱們戲曲的四功五法。

流沙　唱唸做打，手眼身法步？

優常　瞧我這得心應手的，進得考場，十個小翻，十個地蹦，二十個旋子，二十個飛腳，再耍一套刀花下場。（邊說邊做）

榮喜　考這個你還只第八名啊？

優常　那天嗓子不在家，要不然穩中狀元。

榮喜　官兒做的怎麼樣啊？

優常　每日坐衙理事，還有點意思。受理的案子，無非是：誰該二路、誰該頭牌，四個龍套裡還爭誰領頭呢。

榮喜　那可簡單。

優常　那可不一定，這裡的戲，種類多，腔調不同，規矩有異，不見得都會。判得公允與否，每多爭鬧。我愛看小花臉，他偏說老生好；我說票價高，他嫌酬勞少。做官滋味不好受啊，何況想念老友。這個地方，奇怪，奇怪。

榮喜流沙　什麼奇怪？

優常　大家都愛看戲唱戲，衙門裡頭衙役、捕快、師爺、書記加上老爺，能組好幾個戲班。連原告、被告我都認識。

榮喜　咱們不是初來乍到，怎麼都認識？

優常　那天來了個告狀的，上得堂來說道一聲：小人程嬰。

榮喜　程嬰？

優常　兒子出生，尚未取名，就被奸人屠岸賈害死了。緊跟著上來個連環告，（學旦：）小婦人程嬰妻子，狀告我夫程嬰，我兒出生還未滿月，就被程嬰抱去獻與奸人屠岸賈，去救忠良之後。

榮喜　這不趙氏孤兒嘛！

優常　都認識吧？昨天又來了個告狀的。

榮喜　你又認識？

優常　對，西施告范蠡。

西施　（搖船上，吟）湖海茫茫，此身何往？

【太真仙子出遊，遇見西施】

仙子　（吟）俯瞰紅塵，雲海蒼茫。

西施　（白）想我西施，被范太夫獻與吳國，侍奉夫差。功成復國之後，眼見夫差身首異處，我卻又與范蠡一同泛舟五湖。

仙子　（吟）興亡夢幻，聚散無常！

西施　（白）我該往何方而去？我該如何？快快接我下船哪！一葉扁舟，我不要了，船兒槳兒，送與妳吧！我還是想回到溪邊浣紗的日子。船兒槳兒，送與妳吧！

【西施卻仍身不自主的順流而下】

仙子　（吟）誰主浮沉？但見水波漾、水波漾。

【另一個叫賣女子向仙子兜售，直接把花插在仙子頭上】

叫賣女子　賣花賣花，來，這朵花適合妳，我幫妳戴上。

叫賣女子　（吟）天生麗質難自棄，回眸一笑百媚生！

【仙子掙脫出，離開賣花女子。一聲玉笛，彷彿進入清幽的別墅】

仙子　（白）看此處空山流水、疏影橫斜，不想梨園竟有此清幽勝景？

【仙子進入，原來是梅苑，梅妃在仙山的住處。梅妃正攬鏡梳妝。她的愁苦寂寞，已經成為梨園仙山一角美麗的風景】

梅妃　（唱）

柳葉雙眉久不描，殘裝和淚污紅綃。

長門自是無梳洗，何必珍珠慰寂寥。

仙子 我道是哪個，原來梅娘娘竟在此處？

梅妃 楊娘娘，久違多時，你倒憔悴了。

仙子 自古以來失寵嬪妃不知多少，史冊之上，連個名姓都未曾留下，不想你竟能留住仙山。

梅妃 仔細想來，倒要謝你，幾番與我爭勝，才有驚鴻舞、樓東怨。不想我一世的悲情，反添戲場佳篇；一點愁緒，竟有座中看倌，為我泣下。既得知音，我自詠自嘆，便愈發動情。眼看梅林梅苑，竟成梨園仙山一方勝景。這才是，梅萼留香、久而不衰。

【仙子很驚訝，活著的時候比不過她的梅妃，竟然在梨園國有一席穩穩的地位。仙子愈發急於尋求屬於自己的一齣戲】

仙子 （唱）

她一世寂寥、人憔悴，
戲場未必、黯無聲。
一點幽姿、成別韻，（梅妃同步歌舞）
冷香浮動、月黃昏。
你看她、攬鏡低訴、平生怨，
低咽長吟、動人心。
水袖翩翩、驚鴻舞，
一抹胭脂、泣殘紅。

梅林梅苑、竟成勝景——
我……平生心事、何處寄存？

【子焰拿半截喜神的戲衫上】

子焰 買衣服嗎？快來買，歡迎試穿。這戲衫水袖可柔軟哪，穿上它演誰像誰，不信您穿上試試，意想不到的巧妙。

路人乙 怎麼只有半截？

子焰 妙就妙在這裡，與眾不同是吧？一穿就像「角色上身」。（給仙子披上）

【仙子披上喜神的半截戲衫，角色附身，一張口竟唱出唐明皇在安史之亂平定後，重經馬嵬坡以及回到舊日長安宮殿的心情】：

仙子 （唱京劇老生腔）（化自《長恨歌》）

天旋地轉迴龍馭，到此躊躇不能去。
馬嵬坡下泥土中，不見玉顏空死處。
歸來池苑皆依舊，對此如何不淚垂？
春風桃李花開日，秋雨梧桐葉落時。
夕殿螢飛思悄然，孤燈挑盡未成眠。
遲遲鐘鼓初長夜，耿耿星河欲曙天。
鴛鴦瓦冷霜華重，翡翠衾寒誰與共。

悠悠生死別經年，魂魄不曾來入夢。

【仙子警覺那是唐明皇，急忙脫下戲衫，最後一句慢慢由老生腔回到了自己的聲音，旦角嗓音】

仙子　我怎麼唱出這般曲調？怎麼一張口便是這般聲音？怎麼自己做不得主呢？

子焰　戲衫原是有主人的，唱的自是他的聲情，妙就妙在這裡，這叫「角色上身」。

仙子　（脫下戲衫，回到了自己的聲音，旦角嗓音，接唱）

仙子　（唱，回復旦角）

不提防、竟唱出、他無盡思念，
他餘生孤零、竟由我、脫口成聲。
原來你、策馬重經、傷心地，
原來你、暮年終得、迴龍廷。
（接下來情緒轉折，由傷感轉為激動質問）
任憑你、秋風秋雨、梧桐淚
怎比我、馬嵬泣血、幽恨深？
雖說是、白髮空廷、堪憐憫
欲問你、可有一絲、悔愧情？可有一絲、悔愧情？

【飛花衝上】

飛花 這不是子䜖嗎？從哪兒得來這半截戲衫？竟敢在此販售？

子䜖 飛花，真是妳？我找你們找的好苦。

飛花 別的先別管，只問你這戲衫從何而得？

子䜖 那天被留在宮裡，聽了五千時辰演講，出宮時頭昏腦脹，低頭一看，半截戲衫就在宮門口，還有點煙火痕跡，撿了回來，懷著揣著，想著你們。這些日子，找你們不著，實在無以維生，只有靠這戲衫……我該死該死！

飛花 唉，真是……你也別哭了，先把戲衫送還班主要緊。

子䜖 我到哪兒去找班主啊？

飛花 來，跟我來。

【仙子欲隨下，但叫賣女子又追上來，向仙子兜售，直接把花插在仙子頭上】

叫賣女子 賣花，賣花，釵鈿花環，形色各異，真好看……

（吟）翠翹金雀玉搔頭，（幫仙子戴上）宛轉蛾眉，花鈿委地無人收。

【仙子掩面下】

【同時響起幕後無名在宮中練唱的歌聲：君王掩面救不得……】

【場景銜接轉到下一場宮中】

第四場

無名　（吟）君王掩面救不得，回頭血淚相和流。

【太監上，無名停止練唱】

太監　又在唱這些哭哭啼啼的，不能唱點喜氣的嗎？

無名　啊，公公來的正好，敢問公公，不知我家中近況如何？我父可有什麼口信勞公公轉達？

太監　無名公子，勞您一句句問，公公我一句句答。

無名　喔，是是是。敢問公公，家父可好？

太監　我說公子，你就不能換個問法嗎？好比說，好也有怎麼個好法呀。

無名　多謝公公賜教。敢問公公，家父是怎樣個好法？

太監　你爸爸他呀，娶老婆了。

無名　啊？

太監　還生了個兒子，恭喜公子，你做大哥了。

無名　此話從何說起？

太監　呃，話說當年你媽媽離開之後，你爸爸他——

無名　六、七年前的事了，公公打從眼前說起吧。怎麼我入宮不過半載，小弟已然出世？

太監　你問我、我問誰啊？

無名　喔喔，是了，想是早先便有了身孕……唉，我不能在父親身邊盡孝，小弟若能陪伴他老人家，也是好的。多謝公公。

【無名欲下】

太監　欸，我還沒說完呢！

無名　公公請講。

太監　有一天你們兄弟倆上學堂，跟一個叫秦官保的官二代起了衝突，你呢，失手把他打死了，然後你們哥倆爭著償命——（被打斷）

無名　請教公公，我那襁褓中的小弟，可是名喚秋兒？

太監　你知道啊？

無名　公公為何拿《沉香劈山救母》戲文情節誆騙於我？莫非我家中……

太監　公子不要誤會，您家裡人都好，不過是、不過是我今兒個看了齣戲，一時興起，便來考考公子，還真有你的。

【太監下。無名一人在宮中，十分焦急】

無名　喜神爺啊，快救我出去吧，困在此處，怎生是好？喜神爺啊……自入戲班以來，師父再三言道，父子夫妻之事，向喜神是求不來的，喜神只管戲場本業，只管我們心領神會，意通則情至，情至則氣順，氣順則聲潤……，這出宮之事，只怕求之無益。唉，只管戲場本業、只管戲場本業……。仙子要我排出國主寵妃故事，在此無事，瞎編一段吧。想妃子原是老王第十八王子之妻，老王父奪子妻，那王子必是憤恨難當。不免與祝月公主一同試排此段。啊，祝月公主，公主，公主怎麼樣了？悶悶不樂。

祝月　別再叫我公主了。我來到此處，原是興致勃勃，準備爭個機會，軋個角色，好好鬧他一場。只是近日陪同仙子，見她心事重重，夜夜驚夢，我倒覺情思牽纏，心中不忍，怎能再以公主一角擾亂她呢。只是若是無此角色，梨園仙山，我又該到何處容身呢？

無名　戲都未曾排出，擔的什麼心哪？戲中角色多的很哪。

祝月　我最初是偏想排出這麼個公主角色。你想啊，仙子原是老王第十八王子之妻，夫妻恩愛整整六年，怎會沒有子女？跑出我這個公主，不是更能演出父奪子妻的悲劇？不是更能演出仙子的悲情嗎？

無名　她的悲情，後半已然夠多了，若再納入前半，戲太長了，演不完了。只是，我此刻也正想排演十八王子的段落。

祝月　怎麼說呢？

無名　剛剛被小太監鬧了一陣，心中煩悶氣惱，無處宣洩，我們來排出此段，洩洩憤恨。

祝月　好啊，這就排演起來。

無名　喏，但願你我夫妻，偕老百年，地久天長……

太監　（上）小點聲小點聲，沒瞧見嗎？仙子這幾天鬱鬱寡歡，可別大呼小叫的驚擾了她。瞧，仙子來啦。

【仙子上】

仙子　（吟）水袖翩翻，胭脂舞殘紅。幻影朦朧，心事還向戲中尋。

無名、祝月　參見仙子。

仙子　你們在此唱曲排練麼？

祝月　是啊。

仙子　甚好，我也想與你們一同排練。

無名　這……小人不敢。

仙子　演戲原為抒情，不必拘束，排演哪個段落？。

無名　仙子不是要看國主妃子的故事麼？我們正要排練七夕盟言……又恐仙子不悅。

仙子　無妨，我來飾演妃子。

祝月　我演織女。

太監　我的牛郎。

祝月　如此我們排練起來。此時無有金釵鈿盒，一樣情比金石堅。

無名　（開始排演）在天願為比翼鳥……

仙子　（加入排練，扮妃子）萬歲。

無名　我不是萬歲。這是第一回七夕，妃子與王子的七夕。

仙子　王子的七夕？

無名　那時妃子還是老王第十八王子之妻，要叫我十八王子。

仙子　十八王子？

無名　是啊，妃子與王子的七夕，六年前的七夕，一樣的雙星為證。

仙子　（唱）

神思惶惶、回宮轉

歷歷往事、又來擾煩。

無名　（扮王子，夾白）在天願為比翼鳥

仙子　（唱）
看他並非、巧試探
卻勾起前怨、湧上心間。

無名　（扮王子，夾白）在地願為連理枝。

仙子　（唱）
六年夫妻美姻眷
生離竟在頃刻間。
回首當年心緒亂
藉戲文、重將思緒、理一番。

無名　（白）
無名，你看王子此時可有真情？

仙子　（白）
那王子自是真心，如若不然……

小太監　（白）
只怕未必。（對太監白）：傳旨。
（入戲，扮太監，白）
聖旨下，萬歲有旨，即刻將十八王妃送入道觀，今生不得與王子相見哪。

無名　（白）唉呀，妻啊……（被仙子打斷）

仙子　（白）我來飾演王子。

無名　（白）喔……

仙子　（扮王子，唱小生）

從空降下無情劍
和鳴鸞瑟、竟斷弦。
綱常倫理、豈能亂
上殿辯理、問根源。

仙子　（扮王子，試想王子當時的心思，以小生口吻白）

唉呀且住，我今若將美人雙手奉上，父王定將太子之位回贈與我。一旦江山穩坐，還怕無有美人？唉呀這……大丈夫需以社稷為重。【轉身對著美人假哭：】唉呀妻呀，眼看你我夫妻就要分別了。

無名　（扮楊妃，旦角白）王子就該上殿辯理。

仙子　（扮王子，小生白）君父之命難違，抗辯哀告又有何用？

無名　（扮楊妃，唱旦角哭頭）【唱　哭頭】啊，我的夫啊。（白）你我夫妻一同逃走了吧。

仙子　（扮王子，小生白）

普天之下，莫非王土，能逃往何方啊？暫忍一時，容我慢慢相救。

無名　（扮楊妃，旦角白）我捨不得祝月女兒。

仙子　（回到仙子身分，旦角白）什麼祝月女兒？

無名　（回到無名身分，小生白）史冊未書，只是若有此一段，情節更加糾葛，戲文愈見精彩。何況，這角色現成在此。【指祝月】

祝月　（白）我不要！我不想讓妃子傷心，王子如此軟弱，已經夠妃子傷心的了，我不忍再添煩惱。我……我還是織女，在天上看著。

太監 我還是牛郎，在邊上陪著。

無名 （扮回王子，小生白）雙星為証，你我夫妻暫且分別，容我再思良策。

仙子 （回到仙子身分，分析王子內心，旦角唱）
細思量、他何止、怯懦軟弱、不敢抗命
分明他、心存一念、戀江山。

無名 （回到無名身分，分析王子內心，以無名口吻唸小生白）
只是王子白費心機了，太子之位，終究不曾到手，到後來才會在那馬嵬坡前——

仙子 （入戲，把無名當成王子，以楊妃口吻問，旦角白）
怎麼，那馬嵬坡前有你在內麼？

無名 （入戲，自以為就是王子，小生白）
馬嵬坡前麼？休要忘了，我乃救駕援兵，君王妃子殷殷期盼的就是我的兵馬，那時節——

無名 （扮王子，唱小生西皮二六）
君王翹首望長安，
盼只盼、解危軍隊、飛馬到眼前。
我領援軍、忙把路趕，
一路何曾片時閑？
急揮鞭、將來到馬嵬驛站，
已聽見、大軍鼓譟聲震天。
我本當、衝上前、解圍救難，
怎奈是、人潮似水、團團圍轉、我舉步維艱。

左衝右闖進退難，

我只得、停鞭立馬冷眼觀。

我要看……（夾白）我要看個仔細——（接唱）看一看、七夕盟言今可在？

看一看、金釵鈿盒情可堅？

天塌時、山盟海誓、可依舊？

地陷了、滔滔恩愛、還能說幾番？

我止不住、心驚顫、氣促喘、汗涔涔、血湧翻，

心驚、氣促、汗涔、血翻、血湧翻。

多年陰霾、此時點滴散，

渾身顫抖揮鞭難。

多年陰霾終得散，

君父危難在眼前、我只能袖手觀。

我無力挽狂瀾，

欲救無門、只能袖手觀，我只能、只能袖手壁上觀。

仙子　（入戲，以楊妃口吻白）你、你……你這樣惡毒之人、天地難容！你究竟是何人？他是你的親生父親，我是你的……

無名　（入戲，以王子口吻白，其間一度又回到伶人無名身分）你是我的什麼？妻子？母親？當初被奪入宮之時你就該自盡，豈可一身侍奉父子兩人？你與我七夕定情，又一個七夕，又與他定情。妳、妳……只會在金殿之上斥我所唱虛謊，在馬嵬坡前、妳怎麼不問盟言而今安在哉？

祝月：不要說了！（安慰）妃子、仙子……

仙子：（入戲，以楊妃口吻白）你……們父子二人！

仙子：（入戲，以楊妃口吻唱）

毛骨悚然、不寒而慄，
一生榮辱眼前飛。
多少年深宮內苑受嬌寵，
到頭來六軍鼓譟把命催，把命催。
臨終不解有何罪，
只似傀儡戲一回。
信誓旦旦今猶記，
字字盟言出自伊。
王子與我蓮並蒂，
萬歲與我翼雙飛。
翼雙飛、蓮並蒂，
大難當頭面目非。
一個是冷眼旁觀壁上覷，
一個是雙手親賜白綾匹。
獻我奪我為自己，
寵我愛我把命逼。
滿朝文武皆無罪，

漁陽鼙鼓由我起。
六軍不發馬嵬驛，
千夫所指斥奸妃。
風流富貴隨風去，
分明玩物足下泥、分明玩物足下泥。

祝月　仙子，仙子別傷心，這不過就是一場戲，我們不唱了，這戲刪了吧，快刪了吧。

無名　是該刪去，方才已是不忍出口。宮廷污穢之事，留在史冊之上即是，人生種種無奈，戲文理應溫柔以待，只取一段真情。

仙子　哼，哪有什麼真情？

祝月　有啊，有啊，他沒有……嗯……王子沒有，老王有啊，他會唱的多呢，不唱十八王子，可以唱老王啊。唱啊，快唱啊！

無名　（唱崑曲）
背殘日……（祝月作手勢要他不要唱如此悲慘的曲子，無名想換另一曲，但一時未及反應，停頓一下，還是唱了悲傷之曲）只見陰雲黯淡天昏暝，哀猿斷腸，子規叫血……

仙子　哼，唱了半日，不過是自己的憂愁，什麼哀猿斷腸、子規啼血，這幾句現成詞藻，就能對得住妃子一片深情麼？小太監，宣行雲班二次進宮。

太監　行雲班？

【暗燈　本場結束（其實不用斷開，可直接銜接下一場）】

第五場

【先一角燈光】

太監　行雲班不是被解散了嗎？戲箱都燒啦，我還每月假報平安哪，往哪兒找他們去？瘋了，都瘋了，都成戲瘋子啦！仙子瘋啦！宰輔也瘋啦！（正好撞在宰輔身上）參見宰輔。

宰輔　梨園仙境滿山遍野都是戲中之人，多的是班子，去宣鳴鳳班入宮。

太監　太真仙子一看不是上回那班人，我吃罪不起啊！

宰輔　伶人遊走各班之間，隨時換血，有甚奇怪？快去。

【燈光打在鳴鳳班門口，班主正給喜神穿好彩衣，磕頭拜下，站起】

班主　喜神爺，我對不住您，行雲班散班之後，別家班子聽說我是宮裡逐出來的，沒人敢要我，只能在鳴鳳班掃地看門。喜神爺，讓您跟著我受累了。今兒個子飈把您這半截彩衣給送回來了，您總算能穿戴整齊的受我一拜了。飛花還給我帶來一壺好酒，我給您斟上一杯，我自個兒也來上一杯，喜神爺您喝著，等會兒，我練一套功夫給您看，讓您看看我可是「拳不離手、曲不離口」，功夫一點兒都沒荒疏。瞧您，臉都喝紅啦⋯⋯（醉倒）

【班主醉倒後，喜神的元神以唐明皇口吻唱】：

喜神

（以唐明皇口吻唱）曾經過、興亡夢幻，
曾經過、富貴風流、悽惻慘然，輝煌也孤單。
心兒裡只剩下無邊惦念，
我自問那一晚馬嵬坡前、可有悔恨鑄心間。
獨自個、太極宮、甘露殿、悄然溘眼，
身已死、魂未安、上窮碧落下黃泉。
一靈兒、漂蕩在這仙山梨園，
萬般心事託管弦。

仙子參與伶人排戲，不料卻闖進自己前一段婚姻悲劇。溫宇航飾演的伶人無名，正在排演楊妃與十八王子分離的戲。

戲衫水袖的運用與戲情融合為一，既是通過扮飾進入角色，又是人物身分的轉換，甚或心情的掩藏。甚麼是真實？甚麼是自我？在紛華的舞台上，通過劇情、唱做和視覺，同步呈現。

仙子與伶人無名公子反串，無名演楊妃，仙子演十八王子。拉扯著一件戲衫水袖，巧妙進入對方心事，轉而探問自己。

忽而是落魄書生訴憤怨，
一忽兒將軍平亂凱歌還。
一翻妝扮、一世迴轉，
流年如水、世變時遷。
升沉浮降誰為主？
水流殘月影斑斑。
人世幾回傷往事，
依舊是不敢回首憶當年、憶當年。

【太監去往鳴鳳班。】

太監　（咳嗽一聲）這兒有人嗎？

【班主醉倒，喜神拼命搖醒班主】

班主　（掙扎站起）小人在此，有何指教？

太監　傳宰輔口諭，鳴鳳班進宮獻演。腰牌在此。

班主　腰牌？

太監　到時候可要拿出看家本領，演幾齣拿手好戲啊，可別唬弄咱們，咱家可不是無名之輩，我可跟當今著名生角無名公子一起串過戲啊。

班主　無名？

太監　沒錯。

班主　我兒！

太監 我師父。

班主 我兒！

太監 我師父。

班主 真是我兒子！

太監 真是我師父。大膽

班主 行家高明，多多指教。

【太監下】

喜神、班主 （同白）腰牌在此，機會來了，正好召集行雲班舊人，冒鳴鳳班之名進宮。

喜神 我要進宮，我要進宮去見……（喜神又猶豫膽怯）

班主 行雲班諸人雖然各自改行，想必沒有一日荒廢練功，我要去、我要去找他！我這就……

【班主醉歪歪】

喜神 醉了？醉了！你怎麼偏偏此時醉了！

班主 我怎麼偏偏此時醉了？

喜神、班主 （同白）腰牌在你手上（班主唸「在我手上」），機不可失。

班主 只是我這兩條腿……

喜神 去不成了！

班主 此番不能進宮，再也沒有機會了。

喜神 此番不能進宮，再也無有機會了。

班主 只是我……兩腿軟得跟棉花似的。

喜神　只是你……走不成了。唉，都是你！
班主　都是你！（指自己的腿）
喜神　是你不去！
班主　是你不去！（指自己的腿）
喜神　你怎麼偏偏此時醉倒！
班主　我怎能此時醉倒？
喜神　站不起來了。
班主　我一定要站起來（扳自己的腿），腿呀腿呀，你要聽我的，跟著我走。喜神爺，給我點力氣，幫幫我啊，走……
喜神　走。
班主　走！
喜神　走！
班主　自己的事，求誰呀？我這不是去了嗎？看我走遭也！
【喜神仍軟弱，唐明皇死後仍不敢去見楊妃，但班主的勇氣牽動了他】
【班主懷揣喜神，一同做身段，如影隨形】
喜神　（唱）
梨園本色巧變換，
方丈地、生死進退一身擔。
區區酒氣誰能擋？

班主　（唱）三拳兩腿、酒蟲兒驅趕站一邊。

喜神　（唱）

抖一抖、精氣神、邁步兒、街市轉

鮮肉舖、魚市口、人潮如水、摩踵擦肩。

到哪廂尋訪故人面？

榮喜、流沙　梨園故人在哪邊？在哪邊？

（夾白）【流沙還在以花臉架勢威脅路人買燒餅】：

賣燒餅！買是不買？買是不買？（花臉打「哇呀呀」：：）哇呀呀！

班主　（夾白）榮喜、流沙！

榮喜、流沙　（夾白）班主！

班主　（夾白）別賣燒餅啦，回來，咱們唱戲！

喜神　（唱）

多時未見嗓更寬，

黃鐘大呂氣昂然。

【賣燒餅的歸隊。哭喪隊經過，蒲娘在裡面】

蒲娘　（唱哭頭）

爹爹、母親、苦命丈夫、短命的兒、今生難見，

公公、婆婆啊！喂呀我的天哪。

喜神　你聽她、巫峽啼猿、哀聲婉轉

送葬隊裡勤鍛鍊、哭調愈練愈摧肝。

【班主把蒲娘從哭葬隊裡拉出來】

喜神 留幾許嗓音台上顯，

喜神 準保彩聲震連天。

班主 蒲娘，別忘了順手兒、帶幾幅輓帳輓聯，

喜神 剪剪裁裁做戲衫。【子焰耍棍子上】

喜神 你看他梨園仙山把柴砍，

喜神 藜杖、權當槍刀耍玩。

喜神 一身功夫未疏懶，

喜神 下場花依舊是、密不透風順手圓。

優常、飛花 （白）還有我哪！

班主 （白）優常、飛花！

班主 點香時、喜神面前、抬得起頭來直得起腰桿，

喜神 也不必低眉垂臉、面帶羞慚。

全體 看我身手巧變幻，

喜神 天下第一行雲班、二進宮、光華燦然、光華燦然。

眾伶人 行雲班進宮啦！

班主 噓！是鳴鳳班。

【暗燈　結束本場（其實不用斷開，可直接銜接下一場）】

第六場

宰輔　我命你去召鳴鳳班，怎麼還是這批人哪？

小太監　我去的是鳴鳳班，腰牌也給的是鳴鳳班。不知道是換了班名？還是大換血、全數移動到鳴鳳班啦？

宰輔　大膽行雲班，敢冒鳴鳳班之名，混進宮中，意欲何為？

班主　太真仙子宣的是鳴鳳，你卻認我們是行雲。行雲、鳴鳳不過是名號而已，你聽我們歌聲「響遏行雲」，便可稱俺做行雲班；你聽我們唱曲如「朝陽鳴鳳」，便可稱俺做鳴鳳班。女王要聽的，是我等檀板笙歌，要看的是身手矯捷，「朝陽鳴鳳」與「響遏行雲」有何不同？糾結兩字名號，又有何益？

小太監　宰輔，豈不正好？女王宣的是行雲班，萬一來了真的鳴鳳班，還不知如何交差呢？

宰輔　說的也是，讓他們進來吧。

小太監　嗚……行……，上殿哪！

【行雲班進宮。無名在殿角，一見班子裡的人，立即迎向前】

無名　爹爹！

班主　兒啊，我總算見到你啦。【班主唸這句時，仙子與喜神正好面對面】

宰輔　擅演戲名報上。

班主 生旦淨丑、各色行當齊全。才子佳人、疆場征戰、煙粉靈怪、傳奇公案、朴刀趕棒、神仙妖術。就看您想看點兒什麼？

宰輔 國主誅寵妃。

伶人 糟了，那日正因此戲被趕，就此散班，沒往下排。

班主 現編現演吧。

無名 仙子要看後面的。

班主 後面的，後面的，……也罷，先來段熱鬧的：「漁陽鼙鼓動地來」

【眾伶人齊唱崑曲，邊唱邊武兵器】

這員將、身材剽悍

這員將、鼻高毛拳。

急併格邦的、弓開月滿　【耍令旗】

滴溜溜鋪琭的、鎚落星寒；　【耍鎚】

吉托克擦、槍風閃爍　【舞槍】

希利颯辣、劍雨澎灘。　【舞劍】

人如猛虎、離山澗

雷轟電轉、海沸河翻，雷轟電轉、海沸河翻。

【崑曲曲白被打斷，燈光變化，插入宰輔獨白】

宰輔 漁陽鼙鼓演得熱鬧，不覺激起當年揮兵、攪亂唐室的豪情壯志。不免趁此機會，命我人馬，藏身暗處，亂箭齊發，直攻玉殿寶座，叫她難分是戲是真，我不必現身，即可奪取仙山。

伶人 好一陣亂箭齊發，來者不善，保護仙子要緊！

伶人 戲場之上哪有真槍真箭？虛擬寫意而已。待我等舞一套槍花，密不透風，足可保護仙子。

【接唱曲牌最後兩句時，配合伶人舞槍、舞劍，舞棍，旋子、飛腳，護住仙子】

人如猛虎、離山澗

雷轟電轉、海沸河翻，雷轟電轉、海沸河翻。

祝月 槍花棍花、密不透風；旋子飛腳、目不暇給，真是難得一見的好戲！

仙子 行雲班武藝果然了得，不愧天下第一。

班主 （驚魂未定）仙子謬讚，這場戲全無失誤，全仗喜神保佑，可容我們暫停片刻，向喜神爺上香。

仙子 爾等所奉，何方神明？

班主 究竟是哪家神仙，我等也不確知，但求心誠則靈。也有人說，乃是一位精通音律、設梨園於宮中的前朝先皇。

仙子 前朝先皇？

【班主奉上喜神，全班上香】

【喜神的元神唐明皇，與太真仙子正面相對，無限感慨，仙子未必確知喜神就是唐明皇，但也若有所感。起音樂，幕後唱「一別音容兩渺茫、兩渺茫、兩渺茫」】

祝月　仙子、仙子……【仙子回過神來】祭拜已畢，該往下演來了。
仙子　喔，往下演來。
伶人　我們殺糊塗了，該哪一場啦？
班主　別管該接哪一場，專挑最精采的「戲膽」呈上：馬嵬埋玉。
仙子、喜神　（白）馬嵬埋玉？

喜神、仙子　（唱）舊景重現，傷心舊地、舊景重現，
喜神、仙子　（唱）往事驚心、怎堪回首、對當年？
喜神、仙子　（唱）你看他、君妃攜手同心挽，
【戲中戲開始：伶人無名扮的唐明皇和蒲娘扮的楊妃，相扶相攜來馬嵬館驛。仙子和喜神看著，接唱：】
喜神、仙子　（唱）只一刻、兩分離、天上人間。
人世幾回傷往事，
依舊是不敢回首憶當年、憶當年。

【戲中戲崑曲馬嵬埋玉，無名扮唐明皇，蒲娘扮楊妃，宰輔扮陳元禮】
【軍士吶喊過場】
（宰輔扮陳元禮）參見聖駕。
（無名扮唐明皇）你？這不是宰輔麼？

（宰輔扮陳元禮）末將陳元禮，參見聖駕。

（無名扮唐明皇）喔……陳元禮，眾軍為何吶喊？

（宰輔扮陳元禮）楊國忠專權，激怒六軍，已被殺死。

（無名扮唐明皇）有這等事？（驚，楊妃趨前，唐明皇阻止，沉吟）這……這也罷了，傳旨起駕。【內又喊介】

（宰輔扮陳元禮）眾軍道，國忠雖誅，貴妃尚在，不肯起行。望陛下割恩正法。

（無名扮唐明皇）：哎呀，這話如何說起！

（唱）國忠縱有罪當加，現如今已被劫殺。

妃子在深宮自隨駕，又何干六軍疑訝？

（宰輔扮陳元禮）軍心已變，如之奈何？

（唱）聽軍中恁地喧嘩，教微臣怎生彈壓？

（蒲娘扮楊妃）（唱）事出非常堪驚詫。已痛兄遭戮，

奈臣妾又受波查。是前生事已定，

薄命應折罰。望吾皇急切抛奴罷，只一句傷心話。

（內又喊）不殺貴妃，死不扈駕。

（宰輔扮陳元禮）臣啟陛下，貴妃雖則無罪，國忠實其親兄，今在陛下左右，軍心不安；若軍心安，則陛下安矣。願乞三思。

（無名扮唐明皇）無語沉吟，意如亂麻。

（蒲娘扮楊妃）痛生生怎地捨官家

（合）可憐一對鴛鴦，風吹浪打，直恁的遭強霸！

【內又喊介】

（仙子入戲扮楊妃）眾軍逼得我心驚唬，

（喜神入戲作呆想，忽抱仙子哭）好教我難禁架！

【眾軍吶喊上，繞場、圍驛下】

（宰輔扮陳元禮）軍士已將驛亭圍了，若再遲延，恐有他變！

（蒲娘扮楊妃）魂飛顫，淚交加。

（無名扮唐明皇）堂堂天子貴，不及莫愁家。

（合）難道把恩和義，霎時拋下！

（蒲娘扮楊妃）臣妾受皇上深恩，殺身難報。今事勢危急，望賜自盡，以定軍心。陛下得安穩至蜀，妾雖死猶生。

（唱）算將來無計解軍嘩，殘生願甘罷，殘生願甘罷！

（無名扮唐明皇）妃子說那裡話！你若捐生，朕雖有九重之尊，四海之富，要他則甚！寧可國破家亡。

（喜神入戲，緊接無名所扮唐明皇之唸白）決不肯拋捨你也！

（唱）任讙嘩，我一謎妝聾啞，總是朕差。現放著一朵嬌花，

怎忍見風雨摧殘，斷送天涯。若是再禁加，拼代你隕黃沙。

（蒲娘扮楊妃）陛下雖則恩深，但事已至此，若再留戀……

（仙子入戲，緊接蒲娘所扮楊妃之唸白）……倘玉石俱焚，益增妾罪。望陛下捨妾之身，以保宗社。

（無名扮唐明皇）罷罷，妃子既執意如此，朕也做不得主了。只得……但、但、但憑娘娘罷！

【無名扮的唐明皇正準備要鬆開蒲娘所扮楊妃的水袖，喜神衝入戲中戲，太真仙子早一步也已經入戲，四個人水袖糾纏，兩個唐明皇、兩個楊妃交互演對手戲】

【喜神緊緊拉住太真仙子，唱著「莫鬆手」，無名扮的唐明皇卻正要說出「但、但、但憑娘娘」。同時另一番對手戲，是喜神對戲中戲的唐明皇唱「莫鬆手」，好像自己對自己說不要放手】

【仙子和喜神二部重唱京劇：】

喜神　（唱）莫鬆手、休放開、怎忍散？【喜神像是對自己的詰問】

仙子　（唱）怎忍棄絕怎忍散？【仙子對戲中裡唐明皇的質問】

喜神　（唱）一生一世同心挽，

仙子　（唱）生生世世緊相牽。

喜神　（唱）在天願為比翼鳥

仙子　（唱）在地願為並蒂蓮。

喜神、仙子　（唱）雙星曾照見

喜神、仙子　（唱）人世情緣、人世情緣、頃刻間

【內又喊介】

（宰輔扮陳元禮）望萬歲以社稷為重，勉強割恩！

（無名扮唐明皇頓足哭）罷罷，妃子既執意如此，朕也做不得主了，只得但、但、但憑娘娘罷！

（宰輔扮陳元禮）眾軍聽著，萬歲爺有旨，賜楊娘娘白綾自盡！

（無名扮的唐明皇掩面哭下）

【蒲娘所扮楊妃、仙子、喜神，都看著唐明皇的掩面下場】

【仙子回頭看蒲娘扮的楊妃走進一大幅白綾內，白綾掩沒了她，只看見水袖翻舞掙扎】

仙子　（唱崑曲）
百年離別在須臾，一代紅顏為君盡！

喜神　（接京劇）
終相棄、竟離散、終是離散

喜神　天上人間、此恨綿綿。

喜神　哀呀、我悔、悔、悔無限，

喜神　悔當年、我猶存一念戀江山。

喜神　我悔……【哭……】

【剛剛掩面下場的無名，換上蒼白的髯口，以老態緩緩上，喜神把戲衫披到無名身上，無名像是喜神的代言，角色附身，唱出老年唐明皇的悔恨，這是唐明皇第一次說出「後悔」，在此之前都只訴說自己的孤獨憂傷】

無名　（唱崑曲，喜神與之身段同步）

羞煞咱掩面悲傷，
救不得月貌花龐。
是寡人全無主張，
不合呵將他輕放。
我當時若肯將身去抵擋，
未必他直犯君王，
縱然犯了又何妨？
泉台上倒博得永成雙！

（接唱，無名與之身段同步）

喜神　如今獨自雖無恙，
問餘生有甚風光？
只落得淚萬行愁千狀
人間天上、此恨怎償？

仙子　無名，唱得如此沉痛悲涼，究竟何人文辭？

無名 何人落筆為辭，無需在意，傳唱不歇的，乃是戲中人心聲。人生在世，許多言語心事未能明言，抹上胭脂，披上戲衫，才能暢敘幽懷，盡吐真情。

仙子 既是胭脂水袖，才吐真言，如此說來，何者為真？何者為假？

無名 假作真時真亦假，情到深處事亦真。（哼唱剛才的曲子）我當時若肯將身去抵擋，未必他直犯君王，縱然犯了又何妨？

仙子 （唱京）

天地無聲，江流截斷

日月停駐，乾坤寂然。

為我屏息，為我悄然

向我祝願，對我欣羡。

風暫停、鳥無語、傾聽他、心弦裂顫，

都羨我、獨擁此曲並此文、何求何憾、夫復何言？

這不是、寫山寫水、借景點染，

這是他、獨立蒼茫、側身天地、掏心自剖、才有這泣血悔愧至誠言。

回頭看、七夕盟言非虛謊，

死別徬徨、教人悲憐。

值了值了、生生世世俱無憾，

擁此曲，不枉紅塵走一番。

祝月　原來，仙子尋尋覓覓，上天入地，只為來討他個悔恨？要他個餘生蒼涼？這就是你對他的真情嗎？

仙子　這個！

宰輔　哪有如此多話？你兩個尋來尋去，誤了我的江山大業，休要忘了當初唐王喜愛我的就是歌舞技藝，憑我安祿山「胡旋舞」，還不能坐擁仙山？我改換容顏，來到此地，人間得不到的，梨園國總該有我一份。戲如人生，爭奪二字而已。軍士們，奮勇爭戰！

伶人　哪裡還有你的軍士？早被我等殲滅，束手就擒吧！

【軍士早就被伶人殲滅了，安祿山臨死不甘心，轉身刺死祝月】

祝月　我本就不該在仙子你的戲裡，仙子，祝月擾了你一場，就此拜別了。（拉安祿山）你也早就沒戲啦，隨我一起下去！

宰輔　轉世勤練歌舞，再爭梨園班首。（下）

仙子　（哭）祝月！

無名　仙子不要傷心，她原不該在此。

仙子　情到動情處，真假難分。人間多少難言事，只留戲場一點真。祝月臨去一言驚醒夢中人，我尋來尋去，只為要向他討個餘生悔恨麼？如此說來，薄情如我，豈能坐擁梨園仙山？也罷，從此散盡五雲，撤去仙山，且自任我漂蕩虛緲之間。這天下第一班，演與天下人去看吧。

班主　仙子若不嫌棄，加盟行雲班，奉著喜神爺，海走天涯，演盡天下離合悲歡。

仙子　演盡天下離合悲歡？

伶人 演盡天下離合悲歡。

仙子 與你們一起？

伶人 與我們一起。

仙子 如此，走吧？

伶人 走吧。

仙子 我們一同走？

喜神 我們一同走。

仙子 披上戲衫，一同走吧！

太監 我也想參加，可以嗎？

班主 歡迎加入。

喜神 你們大家，隨我來！

【喜神、仙子領全體唱】

喜神、仙子 演盡離合悲歡事，
古往今來一身擔。
七情六慾任流轉，
酸甜苦辣五味全。
萬里江山方丈地，
千秋事業頃刻間。

人情練達皆成戲，

胭脂水袖、直唱到、萬載千年；胭脂水袖、直唱到、萬載千年。

【劇終】

仙山上的唐明皇與楊妃，看著戲裡自己當年的抉擇。水袖翻飛，像是試圖翻轉歷史，但，回得去嗎？

唐明皇託身於伶人，唱出真切悔恨：「我當時若肯將身去抵擋，未必他直犯君王——縱然犯了又何妨？」

戲，弭平了人間憾恨。

歌劇《畫魂》

王安祈

	歌名	主唱者	場景
1	蘇州河	潘贊化獨唱	第一幕 潘家
2	堪琢磨	校長獨唱	第一幕 潘家
3	天籟	玉良＋潘贊化	第一幕 潘家
4	人間絕色	玉良獨唱	第二幕 第一景 畫室
5	凝視黑暗	王守義＋玉良	第二幕 第一景 畫室
6	天地微濛	玉良＋女模特	第二幕 第二景 裸畫展
7	收拾起	潘贊化獨唱	第二幕 第三景 潘家
8	花落枝頭	玉良獨唱	第二幕 第三景 潘家

中場休息

9	**悲喜難分**	玉良＋王守義	第三幕　第一景　法國頒獎
10	**饅頭歌**	潘贊化＋玉良	第三幕　第二景　法國玉良家
11	**是我非我**	潘贊化＋玉良	第三幕　第二景　法國玉良家
12	**風蕭蕭**	潘贊化獨唱	第三幕　第三景　塞納河
13	**眾裡尋他**	玉良＋潘贊化	第三幕　第三景　塞納河
14	**我的家在流水邊**	玉良獨唱	第三幕　第三景　塞納河
15	**玉良二字**	校長獨唱	第四幕　第一景　校園綠草如茵
16	**一點燈紅**	潘贊化獨唱	第四幕　第二景　船上
17	**衝破黑暗**	玉良獨唱	第四幕　第二景　船上

歌劇《畫魂》演女畫家潘玉良的故事，從背景旋轉透明門廊之間可窺見潘玉良的畫作。

潘玉良由兩組聲樂家分飾，一為朱苔麗，一為林惠珍。本圖為林惠珍。

潘玉良的裸畫曾引起巨大風波，圖為裸體女模特（翁若珮）造型，大紅長巾自出場開始即一路往前拉，橫跨舞台。席地作畫的是潘玉良（朱苔麗）

潘玉良幼年曾淪落風塵，京劇演員陳美蘭串演幼年玉良。

第一幕　潘贊化的家

【包括兩個虛擬場景，一是校園爭執，一是妓院的回憶（妓院可用轉台）】

【幕啟時潘贊化在家焦急等待，在玉良的桌上摸摸弄弄，看到了玉良的畫，他拿起來看；】

潘贊化　（白）上海美術專校的蘇州河，張玉良

【細看畫】

潘贊化　（唱）歌名《蘇州河》

身在上海地
河名叫蘇州
此中必然有真意：
清婉秀麗、僻處在城南一隅
遠離塵囂、潺潺淙淙、掩映著、畫室中、水墨淋漓
伴隨著、精鈎密描、運筆的聲息。
上海的蘇州河、孕育多少、人文藝境
未放榜、她已畫出、心中的夢幻清溪。

但願她、帶笑歸來、傳喜訊
遂心願、堂堂進入、嶄新天地。

玉良　（唱）我不曾辜負你、潘先生
【玉良歡喜歸來，奔向潘贊化】
蘇州河從此將有我身影流連
無盡感激

潘贊化　（唱）無限歡喜

玉良　（唱）感激你賜與我一片天。

潘贊化　（唱）等待的焦慮令人憔悴
你可是一日未進粥或食？
何不讓我陪伴妳？
握緊妳的手、同等待、同煎熬，也勝似、分處兩地、一樣焦急。
為甚麼獨自候消息？
為什麼、自揣喜訊、獨自歸？

玉良　（唱）人生路、註定是踽踽獨行
更何況、今日事幾番波折
榜單上原無我名姓

劉校長、親提筆增收一名
激烈爭端可想見：

【以下是玉良轉述的場景，也是想像的場景：】

正面意見的老師們（唱）色澤變幻有創意
線條布局亦可取
反面意見的老師們（唱）這轉折太露痕跡
這鈎描不夠精細
正面意見的老師們（唱）璞玉琢磨可成器
必成大器
當錄取仔細教習
反面意見的老師們（唱）張玉良出身低
風月風塵、豈能污染學堂聖地
正面意見的老師們（唱）有教無類、請校長思量仔細
反面意見的老師們（唱）才德兼備、望校長通盤考慮

【劉校長細看玉良交來入學考核的幾張畫】

劉校長（唱）歌名《堪琢磨》
這幾張仕女圖身影婀娜

遠觀近覷俱鮮活。
這一張、對明鏡、輕勻細抹
這一張、撩鬢髮、食指輕撥。
精彩處、更在這靈動秋波
緊盯著觀畫人、幾許深意、難描難說。
此女堪琢磨
當錄取、堪琢磨。

【以上是轉述的虛擬場景，以下回到現實潘家】

玉良　（唱）過往遭遇、糾纏至今
只恐怕、入學後風波依舊。

潘贊化　（唱）往事已隨風去、無需回首

玉良　（唱）不堪回首、怎能不回首。

【以下是回憶往日妓院生活，可利用轉台】

老鸨　（白）姑娘們！打簾子見客啦！

【一群妓女打扮得花枝招展分批出來】

老鸨　（白）這位爺兒們！

老鸨　（唱）新採的春茶您潤潤喉，香得哩！
冰糖蓮子您甜甜心

粽子糖、瓜子仁、芝麻糊、千層軟糕紅豆餡
都請您、親口品嚐、評評分。

【老鴇轉向另外幾位男客人】

老鴇　（白）這位爺兒們！

老鴇　（唱）退火的菊花您消消暑，清得哩！
江南餛飩多細緻
窩窩頭、大薄片、廣東粥、還有南洋椰子糕
大交流、不分南北、齊下肚。

【老鴇轉向另外幾位男客人】

老鴇　（白）這位爺兒們！

老鴇　（唱）外國的咖啡您嚐嚐看，【男客人喝一口　忍不住叫出來】苦得哩！
這可是洋人的烏龍茶
【男客人喝下去皺眉歪嘴，老鴇趕快把糖和蜂蜜、葡萄酒往咖啡裡面倒，並攪拌】
白砂糖、蜂蜜汁、葡萄釀、早就為您準備好
莫遲疑、一口喝乾、才算時髦。

【老鴇伸出大拇指，鼓勵讚美男客人能趕上時髦。男客人勇敢喝下，勉強做出美味的表情，別的客人看得又羨慕又同情】

（白）玉良、玉良怎麼還不出來？

男客人們　（唱）怡春院貴客喜臨門

男客人們　新任海關總督潘大人。

這位總督來頭不小

武昌起義、二次革命、都有他的份兒。

辦報立說、鼓吹民主

聽歌看畫、沾點兒風雅、結交的都是文化人。

可笑他、大風大浪都經過

偏偏是、年過四十、兒女成人、還沒逛過窯子開過葷。

好不容易、哄他到此沾沾腥

騙他說是接風宴設在城裡第一飯館、怡春院的頭等廳。

這樣的貴客、可要緊趕著往上多巴結

伺候好了、辦事方便、大夥兒都開心。

魚翅燕窩要上等

玉良姑娘不能不現身、不現身。

【眾人簇擁潘贊化上，坐在大桌上喝酒。】

【玉良彩妝唱戲】

玉良　【彩妝唱京劇李娃傳】

坐對菱花、鏡中影

三分醉意、看不真。

但只見、衣上酒痕、心頭淚
一滴清露、泣香紅。
【李娃對鏡，看自己頭上的釵環首飾】
這是王家公子贈
這是李老對我多情。
這對鴛鴦如影隨形
那對鴛鴦玳瑁珍。
成雙成對鏡中映
哪一對鴛鴦才是真？才是真？
【以上回憶妓院時，現實場景不要隱退，潘贊化和玉良仍在舞台邊看著過去的自己，最後由「哪一對鴛鴦才是真？」接回現實】
（唱）這一對鴛鴦就是真
【潘贊化接著李娃傳唱詞最後一句的詞意，攬著玉良肩頭，安慰玉良不要再想往事】
真情在我心。
前塵舊夢、已拋卻
從今後、畫廊藝展、攜手同行
沙龍結交新相知
過幾年、與我老母妻兒相見面
和樂融融一家親。

潘贊化

玉良

【玉良非常感激，拿起自己的畫】

（唱）歌名《天籟》

人說畫圖、悄無聲
我總覺有天籟在耳邊
靜心凝聽、俱有情
有象亦有聲。
你聽這潺潺淙淙、串串音符
是蘇州河對我輕聲細語、話纏綿
他要我對你說一聲謝
他要我改從你的姓
潘先生、你聽從流水悄悄語
叫我一聲潘玉良
我要聽你叫我一聲潘玉良。

潘贊化

（唱）潺潺淙淙流水聲
也對我悄悄、話纏綿
他說妳將在此、揮灑情性
將在此勾勒妳、美景前程
張玉良彩筆畫的是自身
張玉良。

玉良　（唱）潘——

潘贊化　（唱）張——

玉良　（唱）潘——

潘贊化　（唱）張、張、張玉良、張玉良。

【第一幕結束】

第二幕　第一景　學校畫室

【幕啟時玉良背對觀眾在畫架前作畫，王守義看著她的畫】

【同學上場，一看到玉良在畫室裡，都停步不前。有的轉身而去，有的猶豫一陣子進去，坐在離玉良很遠的畫架前。

玉良想站起來和他們說話，他們卻迅速走出畫室。畫室只剩二人。王守義很不忍，上前和玉良說話】

王守義　（白）我是妳同班的王守義。

王守義　（唱）一樣的花朵、向陽開
妳筆下姿妍、有幾多般。
色彩豐富、又層次井然

難道妳習畫已有多年？

玉良

（唱）歌名《人間絕色》

幼年不解事
只記得一片色斑斕。
母親繡花的針和線
把人間絕色、相交纏。
紫霧青煙、繞指尖
橘黃橙綠、浮現眼前。
不多時、繡出了、彩虹一彎
才一會兒、鈎鈎纏纏、牽連迴繞，又化作一片、雁飛殘月、淨白天。
同一個紅字、色多層
薔薇石榴、不一般。
浴血殘陽、色沉黯
櫻桃帶雨、紅更鮮。
從小即有一心願
繡花莊裡、五色流連。

【玉良是因為母親繡花能繡出「紫霧、青煙、橘黃、橙綠、彩虹、淨白」五顏六色，即使同一個紅色也有各種層次，薔薇、石榴、殘陽、櫻桃同為紅、卻各有不同，玉良從小得此啟發，對顏色特別敏銳】

王守義

【王守義聽得很震撼，突然站起來關燈、關門窗，玉良嚇一跳】
【王守義更進一步提出黑暗中對色彩的分辨，能在黑暗中感覺出色彩的濃度亮度和線條的人，才是真藝術家】
（唱）歌名《凝視黑暗》
燈熄滅、窗門緊閉關！
凝視黑暗
凝視黑暗
你可能看得見？
可能看見？
【玉良如果不唱，請用動作表示無法看見，王守義再接著用歌聲鼓勵她：】
你能看見，逼視黑暗，定能看見！
你能看見我的眼
閃動間、光影流動；
你能看見我的微笑
起伏間、線條牽動、色澤顯現。
神妙！
凝視黑暗、色彩更斑斕！
在這寂靜裡、凝視自然
紅厚重、黃流盪、綠清涼、棕色陰暗

凝視黑暗、人間絕色、更光鮮。
凝視黑暗、人間絕色、更光鮮。
【黑暗中對看的兩人，在藝術上發出交會的光芒】

第二景　校內畫展

【場景轉為校內畫展，不需要停頓大換景，就利用前一景教室畫架，從上端吊杆各自垂下五顏六色的紗布條幅，即可成為畫展場景】

眾人

【師生、參觀賓客穿梭場內，校長也在】
上海美專、藝術搖籃
人才薈萃、作育英才
校內畫展、初露頭角
明日之星、指日可待
藝壇盛事、賓客雲集、熱鬧非凡

【裸畫在一幅紗後，玉良站在前面，觀賞自己的畫，也回憶作畫時的情景。女模特隱身在紗幕後，先靜止如雕塑，慢慢開始活動、走出來，和玉良對唱】

玉良

（唱）歌名《天地微濛》
那一天、日頭初起、天地微濛，
她飄然而至、似帶著、三分微醺。
直愣愣走到我面前、直勾勾盯著我雙瞳，
停多時、無一語、四下悄無聲，
天地微濛、靜默無聲，
只見她渴盼的眼神、綻幾許光瑩
她雙瞳緊盯著我雙瞳。

女模特

（唱）請畫出我的身、讀出我的心，
　我愛你、彩繪中、藏蘊深情。
　畫我身、讀我心
　我熾熱的心、壓抑的情。
　天地四方如牢籠
　欲奔逃、無處奔、唯有向畫裡求安頓
　請畫出我心底幽魂。

玉良

（唱）她雙瞳緊盯著我雙瞳、綻幾許光瑩
　天地微濛、靜默無聲
　唯有那光瑩閃閃、似幽魂竄動、往來無聲。
　頓然間、她解髮束、洩下了、一肩長髮如雲
　竟似那竄動幽魂、傾洩飛奔。

玉良（唱）幽魂竄動

女模特（唱）身似流雲

玉良（唱）畫妳身

女模特（唱）讀我心

玉良（唱）止不住心驚

女模特（唱）止不住心驚

玉良（唱）流雲在眼前、心底幽情、竄湧奔騰

折一束盛開芬芳，

任妳斜簪在耳際、撫弄在前胸

女模特（唱）好一束、奼紫嫣紅，

摘折一朵置前胸

添幾分、不羈狂與

掩幾許、羞怯惶恐

點染肌膚雪裡紅、雪裡紅。

再撕下、花瓣幾片、入口細咀嚼

啐一口鮮紅、啐一口鮮紅似血

任憑他、濺散飛迸、點染肌膚雪裡紅。

花莖緊咬在朱唇

朱唇皓齒兩相映

滲幾點汗珠、鼻尖汗珠、綻光瑩

玉良（唱）我緊握筆、捕捉下顫抖的光瑩
直探那心底幽魂。

女模特（唱）清風一陣、似酒醒
羞澀慌張慌張羞澀
驀然間、躥身起、衣衫裹緊
欲奔逃、何處可逃奔？

玉良（唱）欲奔逃、奔何方？
且向畫裡、覓安寧。
同為女兒身、同是女兒心
當我是妳鏡中影、影中身，
我這裡、鬆開腰巾、解開扣鍊、褪卻衣襟、洩一肩長髮如雲，
一樣的身似流雲
當我是你鏡中影、影中身，影中身、鏡中影，
對鏡訴心聲、互訴心事傾耳聽

二人（唱）同是女兒身、同一顆女兒心
無需啟朱唇、點滴盡在雙眸中
天地微濛、靜默無聲。

【女模特隱身回紗幕後　場景回到現實】

眾人　（唱）上海美事、藝術搖籃
人才薈萃、作育英才
校內畫展、初露頭角
明日之星、指日可待
盛事藝壇、賓客雲集、熱鬧非凡

【潘贊化到場】

玉良　（唱）贊化、感謝你到來

贊化　（唱）妳人生大事
我豈能缺席
一年來廢寢忘食、弄筆調色
看今朝、各方矚目畫壇新星

【女模特和丈夫同上（女模特剛才唱完後先隱身紗幕後，然後悄悄下，換妝重上）】

女模特丈夫　（唱）風雅事、妳自逍遙、自遣玩
又何必、強我同行、相陪伴

女模特　（唱）幾許自豪、幾分不安
望你陪伴

眾人　（唱）藝壇盛事、賓客雲集、熱鬧非凡

看畫女子之一

【一位女士最先注意到裸畫，驚訝蒙臉逃開】

（唱）羞上雙頰

好教人、羞上雙頰

這幅畫、誰敢看、不忍觀

眾人

（唱）叫人驚駭

這幅畫、誰敢看、不忍觀

藝壇盛事、怎有這春光外洩

赤條條人體裸露

叫人驚駭、羞上雙頰

誰敢看？

偷眼看

偷眼看

【偷看，又怕人看到，假裝看其他的畫，再一一數落到裸畫】

這一張、山水多蒼茫

【指著其他的畫，假裝撇清：你們看：這幅山水畫多好】

這一幅、花鳥多秀婉

【指著其他的畫，假裝撇清：你們看：這幅花鳥畫多好】

空山蕭寺、禪味深

【指著其他的畫，假裝撇清：你們看：這幅中國風味的寺廟畫多好】

教堂鐘聲、也莊嚴

【指著其他的畫，假裝撇清：你們看：這幅西樣教堂畫多好】
工筆精巧、素描細緻
【指著其他的畫，假裝撇清：你們看：無論是中國的工筆，還是西方的素描，多好！】
怎有這不堪入目、裸體人像、混雜在其間？
誰敢看
偷眼看
又不是花街柳巷、風月風塵地
竟有這、春色圖、風月展
驚世駭俗、無恥卑賤

女模特丈夫

【女模特丈夫原來在偷看　看著看著，發覺似曾相似】
（唱）此中人好面善、似曾相見、似曾相見
驚雷乍起、天地變
頓教人、羞滿面
【女模特丈夫的驚駭，讓女模特被眾人認出來了】
無地自容、恨不得有個地洞鑽

緊接四重唱

女模特丈夫

女子天賦絕美姿
彩筆巧繪奪天工
她細調色澤濃淡時
心中蘊蓄無限情
廟宇教堂能並列
仕女圖、人體畫、有何不同
真誠以對世間物
何必曲解她純淨心

王守義

女子天賦絕美姿
彩筆巧繪奪天工
細調色澤濃淡時
心中蘊蓄無限情
七彩顏色細調配
一落筆、人間絕色竟成雙
真誠以對世間物
何必曲解她純淨心

玉良

女子天賦絕美姿
彩筆巧繪奪天工
細調色澤濃淡時
心中蘊蓄無限情
我只想真誠以對女兒身
還望你用心品味女兒心
莫用雙眼看浮相
莫曲解我一顆純淨心

女模特

面對著畫中的我、你可能認？
一樣的眉眼、不一樣的情
哪一個才是我
你何不細辨認
我只想真誠以對女兒身
還望你用心品味女兒心
莫用雙眼看浮相
莫曲解我一顆純淨心

【結束四重唱】

丈夫打斷女模特和玉良的話（唱）

無恥之人、無恥言
潘先生、果然是、性豪放、名不虛傳

偏愛在、風月場、逞英雄、展權威
收容個、青樓女、同床共枕、我們無從置喙
傷的是、你自家門風、墳頭風水。
怎縱容、豪放女、在外行走、世風敗毀
牽連我們良家女、模仿效隨
鬆鈕扣、解衣衫、供人描繪
問一聲、誰家丈夫有此雅量、站出列、我向你三鞠躬、大禮恭維
【每個男人都縮進去、不敢出列】

幾位記者拿相機搶拍

（唱）沸沸揚揚、血脈賁張
明日報端、好做文章
真人裸畫、相對照
各角度、各姿勢、各拍幾張
明日暴增銷售量
我大加薪、大嘉獎。

眾人

（唱）竟有這、春色圖、風月展
驚世駭俗、無恥卑賤

【上海美專師生尷尬氣憤】

師生們

（唱）上海美專、藝術搖籃

無恥行徑、難縱容
學堂聖地、遭汙染
齊圍剿、口誅筆伐、斥責淫行、維護校譽
快扯下這淫蕩春宮

【校長攔阻，潘贊化、王守義維護裸畫】

潘贊化、王守義 （唱）稍安勿躁、莫衝動

校長 （唱）稍安勿躁、莫衝動
人體藝術需尊重
風氣未開、美育待教化

【媒體打斷校長的話，拿著相機和紙筆忙著問女模特和玉良名字】

記者1 （唱）請問貴姓、請問芳名？　【問女模特】

記者2 （唱）弓長張？還是立早章？　【問玉良】

師生們 （唱）齊圍剿、口誅筆伐、斥責淫行、維護校譽
快扯下這淫蕩春宮

記者1 （唱）請問貴姓、請問芳名？　【問女模特】

記者2 （唱）弓長張？還是立早章？　【問玉良】

女模特丈夫 （唱）蒙羞、今生難為人
快隨我回家、免在此丟人現眼、敗壞門庭

【女模特甩開丈夫的手】

女模特 （唱）不、我要自由自在行

女模特 （唱）不、我要自由自在行
飛奔向鐘樓──縱身下

【女模特奔下場，強烈的音樂】

幕後眾人合唱 （唱）血濺在綠草如茵

【像是畫外音悲悼，哀傷沉重、不再激烈】

【下一句是女模特被畫時的唱，此刻在幕後再唱一次，「啐一口鮮紅」詞意呼應她死亡的姿態】

幕後女模特 （唱）啐一口鮮紅、啐一口鮮紅似血

任憑他、濺散飛迸、點染肌膚雪裡紅。

【唱「啐一口鮮紅、啐一口鮮紅似血」時，眾人驚訝，靜止，只有媒體記者鎂光燈閃閃。玉良掩面，站的位置離開潘贊化（怕連累潘），潘贊化跟上一步，伸手欲攬向玉良，但還未攬到畫面即靜止。最後的畫面是兩人分隔數步，玉良背向潘先生掩面哭泣】

第三景　潘贊化家（同第一幕）

【剛才畫展氣氛很激烈熱鬧，這一段轉為安靜沉痛】

【玉良仍在畫，不用畫架，只在桌上素描】

【忍著淚】

【潘贊化想等她畫完和她說話，玉良卻一直不停的畫】
【氣氛有點僵】
【潘贊化等不及了，拿（搶）走她的素描筆。動作稍微粗了些，隨即又不忍，溫柔的輕拍玉良】

潘贊化

（唱）歌名《收拾起》
混亂中搶救下這張畫　【把裸畫交給玉良】
妳好好收藏。　【玉良沒想到畫還在，非常激動】
收拾起、天賦人間絕美姿
收拾起、血濺飛紅、心頭痛傷
收拾起、混亂的心事、隨我回鄉
蕪湖鄉居、療傷止痛、慰衷腸。
老母堂前已稟告
我妻一向不多言。
青山綠水堪描畫
秋色春華任流連。
我與妳離開十里洋場、是非地
綠蝗新醅、相依相伴、我邀妳、入我家庭。

玉良

【玉良感激的、慎重的收起裸畫，拿出校長的信】

（唱）大恩不言謝

收拾行囊、獨自遠行。

校長推薦赴巴黎

考公費、到異鄉、心意已定。

考公費、到異鄉、心意已定。

這風波、非等閒

我豈能累你毀清譽、連累你家庭

蕪湖家鄉風景好

圍爐豈能多一人。

潘贊化

（白）玉良

【玉良指著桌上剛剛正在素描的這張畫】

玉良

（唱）歌名《花落枝頭》

花落枝頭、猶自掙扎、隨風轉

不肯飄零、入溪流。【藉畫說明自己的決心：雖然身如落花一般卑微，卻不肯屈服】

萬般心事、話難盡

畫圖証我心。

此一別、今生有緣、當再見

無緣、夢裡也相依。
今生畫筆不停歇
誓將畫名、後世傳。
不求青史、留名姓
要世人記得潘先生。
一筆一畫有你我
張張蘊藏你恩情
一生一世情。

【中場休息】

第三幕　第一景　法國頒獎典禮門外

【中場休息後，手風琴音樂。接著是熱烈掌聲歡呼聲，玉良捧著獎盃，由王守義陪著，一群朋友簇擁著，一同走出頒獎場合。朋友們拿著鮮花和綵帶】

眾人　（唱）不負辛勤、美夢成真
至高的榮譽、是妳該得
誠懇的祝福、我們衷心獻上

飛揚的心情、盡交付、綵帶與鮮花
芬芳的鮮花一束束、繽紛的綵帶一絲絲
盡情拋擲、盡情揮舞
拋擲、揮舞、拋擲、揮舞
我歌我舞、同歡樂、我們同慶賀

玉良

（唱）歌名《悲喜難分》
看奼紫嫣紅、夜空綻放
一陣陣、悲喜難分。
這畫圖得殊榮
妳性命已斷送
隔花陰、似看見、妳渴盼的眼神
手拈花枝、肌膚雪裡紅
又看見、幾許鮮紅、啐夜空
竄動的幽魂、何方飄流
哀樂雜糅、悲喜難分

王守義

（唱）
她若有靈、也應是、悲喜難分
素昧平生妳二人
莫逆相契、知交於心。

七分狂野不羈性
三分壓抑鬱悶情
全在這緊咬的唇
全在這、雪裡紅
彩筆一支、勾出她多少心底事
一聲聲嘆息、一陣陣悸動
幽魂竄動、畫裡畫外一樣情
鏡中影、影中身、俱都是畫中魂。

玉良　（唱）若說是前世知交
為什麼畫筆一支、斷送她、今世塵緣？
多少的前情、未及細問
妳若有靈、當怨我
我不該畫出你心底幽魂

王守義　（唱）不容於世、含恨去
到今日、得此榮耀、堪告慰
她若有靈、當無憾
心底幽情、永留存。

玉良　（唱）莫逆相契

王守義　（唱）知交於心

玉良　（唱）莫逆相契

王守義　（唱）知交於心

【上面兩句看似說女模特，其實玉良和王守義相互對看對唱、緊握雙手】

眾人　（唱）盡情拋擲、盡情揮舞

拋擲、揮舞、拋擲、揮舞

同歡同賀、我們同慶賀

【眾人唱唱跳跳下場】

【潘贊化看到玉良和王守義緊握雙手、知交於心】

潘贊化　（唱）迢迢萬里、渡江海

激滿江浪花

捧不起一掬清泉

洗滿身塵埃

玉良　花團錦簇、美夢成真

夢裡少一人

歡聲朗朗

少一聲祝福

【潘贊化上前】

三重唱

潘贊化

至高的榮譽、是妳該得
誠懇的祝福、我衷心獻上
美夢竟成真？
是夢？是真？
多少回、夢中相依
到相逢、反疑在夢中
我來到妳身邊
數年心事、快說與我
相逢疑夢、反無言。
（不唱，或只拖著前一句的尾音）
我來自故鄉
我來自故鄉

玉良

至高的榮譽、是你賜予
無盡的感激、我衷心獻上
美夢竟成真？
是夢？是真？
多少回、夢中相依
到相逢、反疑在夢中
你真在我身邊？
數年心事、忙傾訴
相逢疑夢、反無言。
（不唱，或只拖著前一句的尾音）
（不唱，或只拖著前一句的尾音）故鄉

王守義

至高的榮譽、誰該分享？
難言的心事、我獨自品嚐
眼前景、竟是真？
是夢？是真？
多少回、伴你作畫到天明
倚在你身邊、常疑在夢中
你真在我身邊？
數年心事、無從說
三人相對、更無言。
（王守義獨唱此句，其他兩人暫停）：
歡迎你來自遠方
（不唱，或只拖著前一句的尾音）
歡迎你來自遠方

【王守義再一次強調：你是遠方的，我才是玉良身邊的人。贊化則一再宣稱：我才是玉良故鄉的

故鄉
故鄉

故鄉

有個夢、反覆出現

執子之手、一同回家
我想看一看你的家
和夢境是否相同？
執子之手、一同回家
執子之手、一同回家
（不唱，或只拖著前一句的尾音）

故鄉
遠方的故鄉
【玉良在故鄉和遠方之間有些徬徨】
故鄉
【玉良肯定自己和故鄉的贊化最親】
有個夢、反覆出現

執子之手、一同回家
我的家
和你的夢、必相同
執子之手、一同回家
執子之手、一同回家
（不唱，或只拖著前一句的尾音）

知交。兩人以「遠方」和「故鄉」相互較勁】
遠方
遠方

遠方

歡迎你來自遠方
【王守義再一次強調：你是遠方的，現在玉良住在巴黎，你潘贊化只是遊客，我以巴黎主人身份為你做導遊】
巴黎迎接著你、到此一遊
到此一遊
我帶你同遊
（不唱，或只拖著前一句的尾音）
（不唱）
我送你們回家
【王守義有尊嚴的認輸：即使你不甩巴黎，也得靠我開車送你回玉良的家】

一同回家
回家
回家

一同回家
回家
回家

送你們回家
回家
回家

【第三幕　第一景　結束】

【轉台，得獎後歡慶的景轉去，轉成玉良的家】

第二景　法國玉良的家

【王守義送二人回家後離去，贊化進入玉良家】

潘贊化　（唱）歌名《饅頭歌》
回家、回家、家？這就是妳的家？
少一只鍋鏟、缺幾副杯盤
沒有溫暖床褥、照不到陽光溫暖
寒瑟瑟、冷清清、孤單單
這就是你的家？我陣陣心酸

玉良　（唱）這正是我的家、何必心酸？
不覺涼、不覺寒、不覺孤單
這正是我的家、只因有畫幅卷卷

潘贊化（唱）我心飛揚在其間、天地無限寬
少幾支燈亮、缺幾扇明窗
怎分辨濃淡深淺？
怎能夠精描細鉤？
彩筆怎飛揚？
退一步撞上了牆
進一步推翻了架
談不上、層層佈局、視野寬廣
怎能夠全盤思量？

玉良（唱）下筆時早有思量
又何需明窗採光？
我心中自有這七彩光芒、宇宙陰陽

潘贊化（唱）無有鍋鏟、無有杯盤，怎能夠果腹充飢？

玉良（唱）不用鍋鏟、不用杯盤、自能夠果腹充飢。

潘贊化（唱）怎能夠果腹充飢？

玉良（唱）自能夠果腹充飢。
你來看！你來看！

潘贊化（唱）看什麼？

玉良（唱）是何物牆角斜倚？

潘贊化（唱）是何物牆角斜倚？

玉良（唱）你試猜

潘贊化（唱）實難猜

玉良（唱）你試猜

潘贊化（唱）實難猜

玉良（唱）饅頭整袋、牆角下安穩斜倚、自成個小天地
靠它作畫、成全我筆
用它裹腹、免卻我腹內飢
小天地安頓了我的心

潘贊化（唱）我心疼惜、我心疼惜！（本曲結束）

玉良（唱）別忘了身在天之涯
塞納河波光搖曳、巴黎鐵塔高高矗立
這是巴黎、身在巴黎
這饅頭得來不易、得來不易
休小看、莫輕忽、一張張素描全憑伊
輕抹慢擦、細心塗曳
輕抹慢擦全憑伊
果腹充飢也是伊
又何需埋鍋造飯，精神虛耗費？
全心全意、把天地巧繪
這饅頭得來不易、得來不易

施一禮、深深感謝伊

【對饅頭行禮。因為當個饅頭真不容易，又要被當橡皮擦、又要被吃】

潘贊化 （唱）我心疼惜、我心疼惜！

玉良 （唱）啊、我竟疏忽了

疏忽了——你長途一路、波濤晃、船身搖曳

嚥不下水和米

該奉上熱騰騰粥食麵糜

灑幾許蔥花、淋麻油兩滴、蔥薑少許調滋味

我缺一副鍋鏟、少一副碗盤

我只有饅頭一袋、牆腳斜倚

還得來不易

我只有施一禮、說一聲對不起對不起對不起！

【對潘贊化行禮（未必真的鞠躬，而是表示溫柔的歉意）】

潘贊化 （唱）我的妻、我的妻

我未能照料妳

何需說對不起

我這裡、對饅頭深施一禮

【對饅頭行禮。】

多謝你犧牲自己

才成就我的妻

成就她畫裡悠遊、隨興恣意
還供她果腹充飢
做饅頭真不容易
【不是「製作饅頭不容易」，而是「當個饅頭」真不容易。又被擦又被吃】
施一禮、說一聲多謝你、多謝你、多謝你！

玉良

潘贊化

【燈光輪流打在屋內的畫架上，焦點轉移到玉良的畫】
（白）來、看我的畫！
（唱）歌名《是我非我》
一個個曼妙女子、或俯身、或仰臥、或側坐
這一個、回首凝眸、流連難捨
這一個、臨水照花、波光閃爍。
那一個、凭窗欄、支頤小坐
那一個、倚床榻、香腮輕托。
這一幅浣溪紗
這一幅海濱樂。
這一個、細腰身、半裸半遮
這一個、圓面龐、點綴著兩個酒窩。
一幅幅花樣容顏
哪一個是你、這裡面可有我？

玉良　哪一個是你、這裡面可有我？
（唱）
一張張都是我、一張張不是我
你看是我、我看非我
你看非我、我說是我
是我、非我、非我、似我
你看我是什麼？
潘贊化　（唱）妳是我的妻、執子之手、惟願你、安然逍遙快活
玉良　（唱）我是你的妻、執子之手、安然逍遙快活
二人　（唱）執子之手、逍遙快活！

【第三幕　第二景　結束】

【看畫時　潘贊化已經察覺到和玉良漸行漸遠，但仍努力作出輕鬆，努力相信他倆可以消遙快活。後面這段唱情調和饅頭歌不太一樣。】

第三幕　第三景　法國塞納河邊

【塞納河畔，玉良、潘贊化、王守義和朋友們從歌劇院出來，興奮得回味著剛剛聽的「茶

潘贊化

花女」，沿著河邊，邊走邊唱邊跳。只有潘贊化融不進去。以下的唱，【茶花女飲酒歌】和潘贊化獨唱交錯】

眾人（含王守義） 「茶花女　飲酒歌」

（唱）歌名《風蕭蕭》

潘贊化 風蕭蕭、夜已深沉

塞納河、波光瀲灩

河左岸、燈明火紅、璀璨溫馨、倒映在水中、盡化作、碎玉散金

似琉璃、閃爍爍、耀眼迷離。

哪一閃、才是妳、凝望著我、溫柔的眼？

哪一波、才是妳秋水雙瞳？

璀璨溫馨、散碎成、片片斑斑

獨立蒼茫、一陣陣秋風襲人、冷入心。

【塞納河如散金碎玉、琉璃閃耀，對留學巴黎的人來說，象徵著金色人生、夢幻河流；對潘贊化來說，卻代表殘破】

眾人（含王守義） 「茶花女　飲酒歌」

玉良 （唱）歌名《眾裡尋他》

眾裡尋他、人不見

人不見、我心慌亂

波光瀲灩、迷亂我雙眼
閃爍琉璃、遮蔽我心頭的天。
眾裡尋他、人不見
人不見、我心慌亂
為什麼獨立在燈火闌珊？

【玉良唱上面這段時，潘贊化的這一句「秋水濱、人遠天涯近」交錯穿插其內】

潘贊化 （唱）秋水濱、人遠天涯近

【玉良離我好遠，反而「天涯」還比較近】

【玉良穿梭人群中來回尋找，終於找到了贊化獨自一人站在燈光黯淡處】

玉良 （唱）為什麼獨立在燈火闌珊？

潘贊化 （唱）河左岸、七彩斑斕
我總在、璀璨邊緣。

玉良 （唱）退一步、光影黯淡
近前來、七彩斑斕。

【玉良一邊唱一邊拉著贊化走進人群】

潘贊化 （唱）哪一閃、才是妳、凝望著我、溫柔的眼？
哪一波、才是妳秋水雙瞳？
只看見、散金碎玉
尋不著妳在哪邊？

玉良 （唱）我在你身邊、就在你身邊

流金水色、迷亂你雙眼
我就在你面前
看著我、看著我、熟悉的臉

潘贊化 （唱）熟悉的臉、漸行漸遠

玉良 （唱）我就在你面前

潘贊化 （唱）流金水色、迷亂我雙眼
竟不知妳就在我身邊

玉良 （唱）看著我、看著我、熟悉的臉

潘贊化 （唱）陌生的臉 【唱歌的群眾剛好跳到潘贊化眼前，隔開了他和玉良】

玉良 （唱）熟悉的臉

潘贊化 （唱）陌生的臉 【唱歌的群眾剛好跳到潘贊化眼前，隔開了他和玉良】

玉良 （唱）熟悉的臉

潘贊化 （唱）秋水濱、人遠天涯近

玉良 （唱）隔千山萬水、仍在我身邊。

【玉良倚靠在潘贊化身邊】

【眾人一邊唱下面這幾句、一邊逐漸散去，剩下玉良倚靠在潘贊化身邊】

眾人（含王守義） 流離金波、閃耀在眼前
流金歲月、塞納河邊　我們的金色人生、隨流水潺潺。

玉良 （唱）流水潺潺、記憶無邊

淒涼、何需回首？

溫馨、是你賜與我的恩典。

河左岸新起了我們的家

添幾副鍋鏟、添幾件杯盤

執子之手、望流水潺潺、流向遠方

潘贊化 （唱）遠方迷離、流向哪邊？

流水潺潺、我的家在哪邊？

【玉良的想法：流水帶走了往日的淒涼，流水帶我走向未來的希望。潘贊化望著流水，卻想起家鄉。這段可改幕後合唱，但玉良和贊化的表情各有不同】

【看潘贊化消沉，玉良下了決心、做出決定：我放棄塞納河的金色人生，我願隨贊化回到蘇州河】

玉良 （唱）歌名《我的家在流水邊》

我的家在流水邊

聽、流水潺潺

那不是水流激石、落花浮沉

請聽、那是天籟在耳邊。【呼應著上半場唱過的天籟】

身在上海地

河名叫蘇州

十里洋場、塵囂遠

靜處一方、心自安。
蘇州河、環繞著上海美專的蘇州河
我們的故鄉
我與你同行、回故鄉
上海的家、重置起鍋鏟、添幾件杯盤
熟悉的故鄉
你為我再撐起一片天。

【第三幕結束】

第四幕　第一景　上海美專校園

老師們和同學　（唱）她迭獲大獎、光芒四射
老師們和同學　她享譽國際、馳名海外
老師們和同學　她留學巴黎、視野寬廣
老師們和同學　她鎔中西於一爐、開創新猷
老師們　（對玉良忌妒不滿）我奉獻桑梓、誨人不倦、作育英才無數
老師們　（對玉良忌妒不滿）我堅守傳統、規範嚴謹、從不想出奇制勝

老師三四人　（對玉良忌妒不滿）我鑽研工筆
老師三四人　（對玉良忌妒不滿）我獨鍾山水
老師三四人　（對玉良忌妒不滿）我專注素描
老師們　（對玉良忌妒不滿）我作育英才無數
老年女老師　（忌妒不滿）她青春貌美　我穩重端莊
老年男老師　我蒼顏白髮　望重德高

眾老師　為人師、規範當先
又何需立異標新
女子尤以德為先
（老師們很怕學生喜歡玉良）莘莘學子們，課堂上面對她、你們心中想些什麼？

女生　（正面）她才華令人驚嘆
男生　（正面）她風采教人仰慕
男生　（口吻不太莊重）她讓人賞心悦目
男女眾生　名不虛傳、名不虛傳
女生　（正面）不枉藝壇盛名
男生　（負面）不愧青樓名妓
裸體畫惹人遐思

作畫時是何光景？惹得人遐想聯篇！
敗壞學風、怎為人師表

負面情緒的老師們

校長

（唱）歌名《玉良二字》
玉良二字、三提筆
第一回、榜單補上妳名姓
第二回薦法國
第三封信、邀妳回
初春已寄去、半年無回音
以為妳在海外藝壇、立足穩
不擬接聘返鄉里
不想深秋忽回轉
蘇州河畔、登講堂
我滿心歡喜、無比欣慰
卻怎奈、校園內紛紛嚷嚷不平靜
我惜才愛才、招賢才、作育英才
偏有人、妒才忌才、排擠賢才
我心中倒海翻江

眾學生

（白）張教授又得大獎了！

眾學生

（唱）

消息傳來、驚喜歡呼

慶賀祝福

忌妒怨恨、暗潮洶湧

這幅畫題為「纏」

（眾學生圍觀畫報上刊登的得獎畫）

何謂纏？如何纏？

這姿勢太糾纏

左扭右偏、前彎後轉

任憑你體柔軟

這姿勢實難纏。

（有學生拿著報紙或雜誌）

有文章作解析

撰文者王守義

王守義

（出聲不現身　或人在光圈裡）

（學生讀王的文章）

畫中人、掙脫了、人身框限

畫出了一顆追求自在的心

畫出了自身交纏、心內糾結

王守義

（穿插眾學生一句）這姿勢太糾纏

（唱）

彩筆在你手

勾畫全在心

神韻內藏、是上品

追摹形似、反失真

何必要實實描繪、筆筆如真？

（一邊看畫、一邊思索王守義的解析）

眾學生

脫束縛、破框限

擺弄出人體難為

神韻內藏

眾老師和學生

（唱）

誤導、謬論！

分明是、線條偏差、構圖有誤

誤導、謬論！

又見女體

又是裸畫

當年醜事再現

想當年、裸畫逼命、血濺校園、血濺這綠草如茵

到如今、挾洋自重、綠草如茵又遭汙染
孰可忍　孰不可忍
誓捍衛校園尊嚴
驅趕出荒淫色情
掀翻這不堪入目
世道污濁、蘇州河、留一方清境
人心腐朽、誓維護真善美真善美真善美

【負面的師生唱這段時，正面的師生下面這兩句穿插其間】

正面師生　（唱）迭獲大獎、我師生與有榮焉

正面師生　（唱）天賜女體絕美姿，彩筆巧繪、再現絕美、巧奪天工

校長　（唱）人間絕美豈能污

【第四幕　第一景　結束】

第二景　駛往法國的船上

【玉良在船上】

玉良　（唱）
一樣海浪、兩般情
年來波濤、經幾番。

當年二人、同歸來
如今隻身、離鄉去
巴黎羅馬等著我
故鄉日漸遙。

潘贊化

【虛擬的潘贊化歌聲】
（唱）歌名《一點燈紅》
蘇州河又起波瀾
不堪的往事、又到眼前
藝貴神似、是正理
只是我鬢髮已蒼、人已老
奔騰壯懷、已蕭然。
妳欲上青天攬明月
我只想、守住窗前一點燈紅。
幾樹繁花、足供點染
一渠清泉、態亦妍
愧對妳、我撐不起藝壇的天。

玉良

（唱）歌名《衝破黑暗》
天昏沉、夜已深
水天一色黯沉沉

滄海中照不見容顏
是我？非我？
天地無言、靜默無聲
只聽見滄海的呼吸——　【這裡是情緒轉折】
這不是滄海呼吸、是運筆聲息。　【拿出畫筆】
凝視黑暗
【呼應上半場王守義的凝視黑暗，這部戲裡我們沒有讓玉良在情感上靠向王守義，但王守義的藝術理念始終影響著玉良，甚至最後玉良拿筆畫下贊化，都受王守義「凝視黑暗」藝術理念的激發】
色斑斕
凝視黑暗、衝破黑暗
開一片絢爛天。　【迅速作畫】
滄海呼吸、運筆聲息
我心悸動、幽魂流竄
幽魂流竄、筆未歇
筆未歇、畫成時、天地微濛　【拿起畫成的畫】
一點燈紅、遙寄故人
「我的家庭」　【再拿筆落款】　潘玉良

【劇終】

王安祈劇本創作年表

劇名	主要演員	首演時間	備註
劉蘭芝與焦仲卿 京劇	郭小莊 曹復永	一九八五年	與楊向時合編
新陸文龍 京劇	朱陸豪 吳興國 周正榮	一九八五年	
再生緣 京劇	郭小莊 曹復永	一九八六年	
淝水之戰 京劇	朱陸豪 吳興國 周正榮	一九八六年	
通濟橋 京劇	吳興國 郭勝芳 朱陸豪	一九八七年	與侯啓平合編
孔雀膽 京劇	郭小莊 曹復永 朱陸豪	一九八八年	
紅綾恨 京劇	郭小莊	一九八九年	根據粵劇「帝女花」重新編寫
紅樓夢 京劇	魏海敏 馬玉琪 吳興國	一九八九年	
王子復仇記 京劇	吳興國 魏海敏	一九九〇年	根據沙士比亞「哈姆雷特」新編
袁崇煥 京劇	吳興國 馬維勝	一九九〇年	與張啓超合編
問天 京劇	郭小莊 曹復永	一九九〇年	改編自王仁杰新編梨園戲「節婦吟」

劇名	主要演員	首演時間	備註
瀟湘秋夜雨 京劇	郭小莊	一九九一年	
金烏藏嬌 京劇	吳興國 夏禕	二〇〇二年	改編自傳統戲「烏龍院」
王有道休妻 實驗京劇	盛鑑 陳美蘭 朱勝麗	二〇〇四年	
三個人兒兩盞燈 京劇	陳美蘭 朱勝麗 王耀星	二〇〇五年	與趙雪君合編
金鎖記 京劇	魏海敏 唐文華	二〇〇六年	與趙雪君合編。 根據張愛玲小說編為京劇
青塚前的對話 實驗京劇	陳美蘭 朱勝麗	二〇〇六年	
歐蘭朵 意象劇場	魏海敏	二〇〇八年	羅伯威爾森導演意象劇場 改編自吳爾芙小說
孟小冬 京劇結合歌唱劇	魏海敏	二〇一〇年	
畫魂 中文歌劇	朱苔麗 林惠珍 田浩江 巫白玉璽	二〇一〇年	
百年戲樓 『京』典舞台劇	魏海敏 唐文華 盛鑑 溫宇航	二〇一一年	與周慧玲、趙雪君合編
牡丹亭 崑劇	史依弘 張軍	二〇一二年	湯顯祖牡丹亭修編
煙鎖宮樓 崑劇	沈佚麗 余彬 羅晨雪	二〇一三年	上海崑劇團來台首演
水袖與胭脂 京劇結合崑劇	魏海敏 唐文華 溫宇航	二〇一三年	

感謝

封面題字：董陽孜
國光《孟小冬》攝影：劉振祥（劇照），現場林榮錄（現場）
國光《百年戲樓》攝影：范毅舜、陳又維（劇照），林榮錄（現場）
國光《水袖與胭脂》攝影：陳少維
NSO《畫魂》攝影：陳建仲
伶人三部曲劇本由國立傳統藝術中心國光劇團提供

Do藝術02　PH0123

水袖・畫魂・胭脂
——劇本集

作　　者／王安祈
主　　編／蔡登山
責任編輯／蔡曉雯
圖文排版／賴英珍
封面設計／陳佩蓉

出版策劃／獨立作家
發 行 人／宋政坤
法律顧問／毛國樑　律師
製作發行／秀威資訊科技股份有限公司
地址：114 台北市內湖區瑞光路76巷65號1樓
電話：+886-2-2796-3638　傳真：+886-2-2796-1377
服務信箱：service@showwe.com.tw
展售門市／國家書店【松江門市】
地址：104 台北市中山區松江路209號1樓
電話：+886-2-2518-0207　傳真：+886-2-2518-0778
網路訂購／秀威網路書店：https://store.showwe.tw
國家網路書店：https://www.govbooks.com.tw

出版日期／2013年11月　BOD一版　定價／800元

|獨立|作家|
Independent Author
寫自己的故事，唱自己的歌

水袖. 畫魂. 胭脂 : 劇本集 / 王安祈著. -- 臺北市 :
獨立作家, 2013.11
面； 公分. -- (Do藝術系列 ; PH0123)
ISBN 978-986-89946-8-3(平裝)

1. 戲劇劇本 2. 劇評

854.6 102020496

國家圖書館出版品預行編目

讀者回函卡

感謝您購買本書，為提升服務品質，請填妥以下資料，將讀者回函卡直接寄回或傳真本公司，收到您的寶貴意見後，我們會收藏記錄及檢討，謝謝！如您需要了解本公司最新出版書目、購書優惠或企劃活動，歡迎您上網查詢或下載相關資料：http:// www.showwe.com.tw

您購買的書名：______________________________

出生日期：________年________月________日

學歷：□高中（含）以下　□大專　□研究所（含）以上

職業：□製造業　□金融業　□資訊業　□軍警　□傳播業　□自由業

□服務業　□公務員　□教職　□學生　□家管　□其它_____

購書地點：□網路書店　□實體書店　□書展　□郵購　□贈閱　□其他

您從何得知本書的消息？

□網路書店　□實體書店　□網路搜尋　□電子報　□書訊　□雜誌

□傳播媒體　□親友推薦　□網站推薦　□部落格　□其他__________

您對本書的評價：（請填代號　1.非常滿意　2.滿意　3.尚可　4.再改進）

封面設計____　版面編排____　內容____　文／譯筆____　價格____

讀完書後您覺得：

□很有收穫　□有收穫　□收穫不多　□沒收穫

對我們的建議：______________________________

____

____

____

請貼
郵票

11466
台北市內湖區瑞光路 76 巷 65 號 1 樓
獨立作家讀者服務部 收

（請沿線對折寄回，謝謝！）

姓　名：＿＿＿＿＿＿＿＿ 年齡：＿＿＿＿ 性別：□女　□男

郵遞區號：□□□□□

地　址：＿＿＿＿＿＿＿＿＿＿＿＿＿＿＿＿

聯絡電話：(日)＿＿＿＿＿＿＿＿ (夜)＿＿＿＿＿＿＿＿

E-mail：＿＿＿＿＿＿＿＿＿＿＿＿＿＿＿＿